FLORES

AFONSO CRUZ

Flores

2ª reimpressão

Copyright © 2015 by Afonso Cruz

A editora manteve a grafia vigente em Portugal, observando as regras do Acordo Ortográfico da Língua Portuguesa de 1990.

Capa
Claudia Espínola de Carvalho

Revisão
Nana Rodrigues
Arlete Sousa

Dados Internacionais de Catalogação na Publicação (CIP)
(Câmara Brasileira do Livro, SP, Brasil)

Cruz, Afonso
    Flores / Afonso Cruz — 1ª ed. — São Paulo : Companhia das Letras, 2016.

    ISBN 978-85-359-2725-2

    1. Romance português I. Título.

16-02650   CDD-869.3

Índice para catálogo sistemático:
1. Romance : Literatura portuguesa   869.3

Todos os direitos desta edição reservados à
EDITORA SCHWARCZ S.A.
Rua Bandeira Paulista, 702, cj. 32
04532-002 — São Paulo — SP
Telefone (11) 3707-3500
www.companhiadasletras.com.br
www.blogdacompanhia.com.br
facebook.com/companhiadasletras
instagram.com/companhiadasletras
twitter.com/cialetras

Ao Tó Manel

"Haverá sempre flores para aqueles que as quiserem ver."
Matisse

...

"Não nos rendemos. Recomeçamos."
Lars Gustafsson

...

"Entremos mais dentro na espessura."
São João da Cruz

Estava junto aos escombros do meu pai, com os restos dos nossos sentimentos à deriva. O meu corpo ainda dizia o nome dele muito baixinho, como se fosse sangue a correr nas veias. As lágrimas não caíam, ficavam suspensas numa antecâmara qualquer do coração ou lá de que lugar é esse onde as lágrimas são laboriosamente fabricadas.
   A Clarisse estava ao meu lado. Estávamos de braço dado, ela tinha a cabeça encostada ao meu ombro.
   Atrás dos meus óculos escuros via as pessoas no enterro, a Carla estava tão bonita, de preto, com a dor no rosto, os cabelos lisos e as coxas a sair do vestido curto, mas não podia pensar naquilo, era o enterro do pai, ainda por cima a Carla é minha prima direita. Os destroços da morte por todo o lado, nas caras das pessoas, nas recordações. A mãe gritou algumas vezes, Zé, Zé, Zé, era o nome do meu pai, e foi nessa altura que me caíram umas lágrimas, não tanto por ele, naquela serenidade de cadáver, mas pela dor da mãe, tão pungente e catártica, tão siciliana na sua forma de

se manifestar, cada Zé que ela gritava era uma facada no ar, Zé, Zé, Zé.

O calor era tanto, o suor escorria-me pelas costas abaixo, não, não era suor, era a língua da morte a lamber-me a coluna de cima para baixo, a arrastar-me para o chão, a língua quente dessa estranha entidade que nos transforma em terra, que transforma tudo em terra. Sentia-lhe o hálito a flores, porque ela não fede como seria crível, tem o bafo das coroas de rosas e margaridas e gladíolos com que enfeitamos os caixões e mais tarde as campas. Cheira tudo a flores, o fim das coisas cheira a flores, não é a esgoto e a podre. Zé, Zé, Zé, gritava a mãe, e a morte a lamber-nos as costas, sem parar, com a ponta da língua muito fina a passar pelos corpos dos vivos, como quem toma um aperitivo.

E, enquanto o padre mandava o pó voltar ao pó, eu abençoava Deus com blasfémias.

As lágrimas não são todas iguais. Quimicamente, as lágrimas provocadas pelo descascar de uma cebola são diferentes daquelas que choramos quando enterramos o nosso pai. As lágrimas, todas elas, contêm óleos, anticorpos e enzimas. As que chorei nesse dia em que atirei uma pá de cal para o buraco onde enterraram o pai tinham, além das partículas que o microscópio deteta, a tristeza imensa de não podermos partilhar mais uma garrafa de vinho. Uma coisa são lágrimas de cebola e outra são lágrimas do coração. Nesse dia usava óculos escuros, *ray ban* dos anos setenta, lentes verdes, aros dourados. A tia Dulce dizia que o pai era maravilhoso, uma espécie de templo de Artemisa, e eu dizia que sim, que era, com certeza que era, e depois veio o tio Henrique, com a barriga enorme, chegava sempre uns minutos à frente dele, e a coçar as partes antes de dizer que sim senhor, o pai era do caraças, era um grande jogador de *bridge* e sabia fazer, com o lenço, coelhos e outras formas, a que dava vida com uma espécie de ventriloquismo. Aquilo a mim parecia-me uma doença que dava ao pai, uma coisa incontrolável: puxava o lenço, assoava-se, e depois dava-lhe um nó e a forma da cabeça de um coelho, falava fininho e eu desatava a chorar, não sei porquê, mas detestava aquilo, metia-me um medo ancestral, uma coisa que se entranhava corpo adentro como se bebesse uma aguardente.

Voltámos para casa, eu, a Clarisse e a minha filha, a Beatriz, logo depois de um almoço de bitoques num restaurante que ficava mesmo em frente ao cemitério de Benfica.

A tarde ia mais ou menos a perseguir os meus passos, predadora, quando desci as escadas para ver o correio. Apercebi-me de um vulto junto a mim. O sol entrava e furava-me os olhos através de uma pequena janela do prédio, levantei a mão, fiz uma pala com ela, percebi que era o senhor Ulme, o vizinho do lado. Cumprimentei-o. Olá, disse eu, olá, disse ele, vim ver o correio, eu também. Pareceu-me que tinha envelhecido alguns anos desde a última vez que o vira, uns meses antes. Vemo-nos muito pouco, ele quase não sai e eu não sou uma pessoa propriamente social. Disse-lhe que o Verão parecia estar a favorecer os lagartos ao sol, que estava um calor do tamanho de um planeta a matar-se. Ele sorriu. Tinha lábios grossos, olhos pequenos debaixo de sobrancelhas que eram verdadeiras quedas de água pilosas. Não sei porquê, mas tive vontade de o convidar para um café. Nunca o havia feito e ele vivia na porta do lado há mais de sete anos. Tomamos um café? Ele disse que sim.

Enquanto subíamos, eu ia atrás, via o seu rabo enorme a balançar. Ele usava umas calças de linho transparentes, que deixavam ver as cuecas. Subimos o patamar e ele encostou-se à parede para me deixar passar. Abri a porta, convidei-o a entrar.

Levei-o para a sala, esteja à vontade, e fui fazer o café.

Quando voltei da cozinha, ele tinha pegado numa das revistas pornográficas que eu guardava numa estante do século xviii, de mogno avermelhado. Tenho uma coleção relativamente grande, especialmente dos anos sessenta, setenta e oitenta do século xx.

— Nunca tinha visto.
— O quê?
— Uma mulher nua.

Parei no quiosque para comprar o jornal. As notícias não eram boas, como quase nunca são, os atuns extinguem--se, a fome continua a matar, os índios desaparecem, os dentes caem, a malária, a tuberculose, o cancro, o desemprego, a gripe das aves, o nervosismo dos mercados. De resto, não é preciso ler o jornal, as notícias estão marcadas na cara das pessoas. Quando entrei em casa, a televisão estava ligada e a Clarisse dormia no sofá. Passei pelo quarto de hóspedes, a porta estava entreaberta, e reparei numa situação que me perturbou terrivelmente. Não sou supersticioso, mas há uma coisa que, inexplicavelmente, abomino: chapéus em cima da cama. A Clarisse tinha pousado o meu chapéu na cama. Sabendo perfeitamente que eu não suporto isso. Temos um cabide nesse quarto e é lá que penduro os meus chapéus, todos, tenho vários, comprados em diferentes países, de feltro, de pele, de lã, de Marrocos, do Paquistão, de Nova Iorque.

Deixei-o ficar, pois achei que deveria ter sido uma distração da Clarisse e que quando ela reparasse o tiraria daquele lugar aziago (apesar de eu não ser nada supersticioso).

Acordei na manhã do dia seguinte com uma enorme enxaqueca, desde as têmporas até à nuca, a minha cabeça era uma beata a ser apagada por um sapato. Fiz um café, tomei dois analgésicos, mas não melhorou, tive vontade de chamar os bombeiros para apagar aquela dor, como é possível que caiba tanta dor em tão poucos centímetros cúbicos de crânio, enfim, quando penso nisso, percebo aquela coisa de que cada homem é um universo, se não fosse não caberia tanto sofrimento dentro da cabeça de cada um. Onde é que li que os filósofos acham que o homem é um microcosmos mas um sábio sabe que o homem é um macrocosmos? Dizem que Lewis Carroll tinha grandes enxaquecas e que foi por causa delas que escreveu *Alice no país das maravilhas*. Não eram, com certeza, enxaquecas maiores do que as minhas, qualquer dia ainda me sai uma obra-prima.

A Clarisse estava na casa de banho a depilar-se. Fiquei uns segundos a observá-la e senti que contemplava uma paisagem triste, não sei por que razão. A Clarisse estava sentada em cima da tampa da retrete, uma perna no chão, a outra levantada, com o pé descalço pousado no tampo da sanita, uma toalha turca azul-clara debaixo de si. Os azulejos brancos, o barulho da máquina de depilação, os gestos metódicos, as cuecas brancas, o corpo inclinado, a camisa de dormir quase da cor da pele, os cabelos que lhe caíam para o colo e que ela puxava para trás da orelha (e eles voltavam a cair e ela voltava a puxá-los), esta cena, não sei porquê, deu-me vontade de chorar.

Abri as duas grandes janelas da sala e fumei um cigarro na varanda a olhar para a biblioteca do outro lado da rua. Pensei no senhor Ulme e na confissão que me fizera no dia anterior. Parecia-me impossível que um homem daquela idade nunca tivesse visto uma mulher nua, já que somos constantemente bombardeados com imagens de nudez. Apesar de se ter referido a uma fotografia, provavelmente quis dizer que nunca vira ao vivo. Mesmo assim, parecia-me difícil de acreditar.

Voltei para dentro. Os cortinados esvoaçavam com o vento quente de Julho. Aproximei-me da casa de banho, bati na porta entreaberta e disse à Clarisse que ia sair, precisava de tomar outro café, a dor de cabeça matava-me.

Quando voltei a casa, a banda chamada Orquestra Mnor, que todos os dias ensaiava no último andar, tocava e enchia o prédio de melodias. A dona Azul abanava-se subtilmente enquanto subia as escadas, noventa e dois anos de ossos a gingar ao ritmo da música, um ligeiro menear que só era percetível tomando muita atenção. A dona Azul costuma dançar com alguns dos músicos — às vezes com vizinhos — no terraço junto à sala de condóminos. A vista é esplêndida.

As mazurcas, as tarantelas, os *standards* de *jazz*, os tangos, as mornas sucediam-se e parecia que as paredes começavam a ficar encharcadas, possuídas da humidade etérea da música. Juro que vi gotas de água a escorrer até ao chão.

Nos últimos tempos, quando sinto os lábios da Clarisse a tocarem os meus, comprovo que não têm história, já não convocam o primeiro beijo que demos. Creio que, numa relação, o beijo terá sempre de manter a densidade do primeiro, a história de uma vida, todos os pores-do-sol, todas as palavras murmuradas no escuro, toda a certeza do amor. Mas já não é assim. Agora sabem às vacinas que tínhamos de dar à cadela (já morreu), às conversas com o diretor da escola, à loiça por lavar, à lâmpada que falta mudar, às infiltrações no teto, às reuniões de condóminos. Toco levemente os lábios dela e sabe-me à rotina, às finanças, ao barulho da máquina de lavar roupa. Beijamo-nos como quem faz a cama.

O tempo lá fora batia na janela, era um calor gordo que parecia querer partir os vidros com um murro espesso e entrar. Sentei-me na retrete com a cabeça entre as pernas e pensei na vida, nesse imenso tédio em que me havia afundado. Debatia-me com falta de ar, uma espécie de choque anafilático, provocado pela repetição monótona de horas, minutos e segundos.

O que é o amor, pensava eu, sentado na retrete, entre os azulejos brancos da parede que refletiam pobremente a minha cara dorida.

Passei a mão pelo queixo, pelos olhos, senti-me velho e cansado, pronto a desistir. O espelho provoca em mim o estranho efeito de por vezes me dar a violenta estalada da realidade, por outras elevar-me à dimensão do sonho, da ficção, de uma verdade essencial que se deposita cá dentro e que, por timidez, evita sair senão em momentos de alguma intimidade. Naquele dia, o espelho limitou-se a mostrar um homem deprimido. Mas resistirei. Não posso aceitar qualquer reflexo que me seja devolvido. Resistirei.

Ao passar pelo quarto de hóspedes reparei que o chapéu ainda estava em cima da cama. Resolvi não o tirar dali, a Clarisse haveria de notar que pousara o chapéu na cama e, sabendo que isso me incomoda, me transtorna, pendurá-lo-ia no cabide.

Depois de escrever um artigo que tinha de entregar no jornal, decidi levar a Beatriz ao parque. O senhor Ulme vinha da biblioteca que fica mesmo em frente ao nosso prédio, e eu acenei para o chamar.

Trazia um livro na mão, de que eu, ao aproximar-me, fiz o possível por discretamente ler o título, perceber o autor. Era de Séneca. Ia perguntar-lhe qualquer coisa sobre o livro quando de repente um carro que vinha na nossa direção deu uma guinada forte para a direita e quase nos atropelou, não fora eu ter puxado o senhor Ulme, num reflexo, mais para dentro do passeio. A Beatriz estava atrás de mim, felizmente. O carro parou uns metros à frente, eu gritei uns insultos, uma cabeça surgiu do vidro, uma mão fez um gesto cortante junto ao pescoço, uma ameaça de degolação. Aquele homem quis matar-nos, gritei para o senhor Ulme, para as pessoas que passavam, guinou de propósito, quis matar-nos. O senhor Ulme parecia estar a rezar, murmurava qualquer coisa indistinta. Estava muito nervoso, as

mãos tremiam-lhe, o queixo também. O carro arrancou. Conhece-o, perguntei, mas ele respondeu que não, e só nessa altura me lembrei de anotar a matrícula, mas era tarde de mais. Achei aquela ameaça muito estranha e olhei para o senhor Ulme pelo canto do olho, desconfiado de que me escondia alguma coisa. Quando nos acalmámos, voltei a perguntar-lhe se não conhecia o homem. Já lhe disse que não!, garantiu-me.
— Muito bem, deve ser um maluco qualquer que nos confundiu com outras pessoas.
— Deve ser isso.
O senhor Ulme apontou para a camisola da Beatriz e perguntou:
— De que cor é?
— Amarela.
— Não.
— É, sim.
— As coisas não têm cores, isso não é uma propriedade dos objetos. — E, virando-se para mim: — Tão nova e já a cair no erro de Aristóteles. O cavalheiro não a educa?
— É amarela — insistiu a Beatriz.
— É a reflexão da luz que faz com que os objetos pareçam ter cor.
— Não é amarela?
— Não.
— É o quê?
— Isso ninguém sabe.

Em frente ao espelho consigo chegar a ser eu. Longe do reflexo que me oferece o espelho sou um sucedâneo, uma pobre imitação de mim mesmo. Em frente ao espelho há personagens, que digo?, há personalidades que me surgem, repletas de uma veracidade absoluta, algo que só a imaginação consegue fazer. Funciona assim, especialmente na casa de banho:
— As mulheres adoram-me, Kevin, caem aos meus pés.
— E que pés! Como é que consegue rematar com tamanha arte, Miroslav?
— Treino, treino, treino. Mas compensa, Kevin, porque depois as mulheres caem-nos aos pés. E porquê? Porque treinámos para sermos bons. Apontamos para um canto da baliza, a nossa vida resume-se àquele espaço, são o quê?, quarenta centímetros quadrados?, e de repente estamos a andar de iate na costa de San Lorenzo graças a esses dez centímetros quadrados, graças ao treino, ao treino. As mulheres caem-nos aos pés, às dezenas, e não estou a falar de

mulheres fáceis ou prostitutas, nada de reles e sujas, Kevin, estou a falar de mulheres sérias, lindas de morrer, educadas, elegantes, algumas são conhecidas, poderia dizer nomes, mas seria indelicado, não achas?, e tudo por causa de quarenta centímetros quadrados, um cantinho de uma baliza, algumas são atrizes, mas juro que também há diplomatas e ministras, muitas são casadas, Kevin, e ajoelham-se, meio despidas, às vezes tenho de as mandar embora...

— Hoje foi uma humilhação para o guarda-redes adversário...

— Foi, Kevin, tive pena do Farini, é bom rapaz, bom guarda-redes, é um tipo impecável, mas, sabes, isto não é só um jogo, é a vida. O Yashin, quando se atirava para defender uma bola, era alguém que se atirava de um abismo e o esférico era uma corda, se não a agarrasse morria, era assim que o Yashin se atirava, aquilo não era só um jogo, era a vida ou a morte, todos os centímetros contam, todos os milímetros contam, todas os milésimos de segundo contam. Tenho pena do Farini, mas isto não é só tentar apanhar a bola, isso até uma criança faz. Já andaste no parque da cidade, Kevin? Viste os putos a correr atrás da bola? No campo temos de ser muito mais do que isso.

— Profissionais?

— Não, Kevin, muito mais do que isso. Vida ou morte. Morro se não acerto naquele canto da baliza, aquele é o meu espaço, é o meu universo, quarenta centímetros quadrados, Kevin, é esse o tamanho do Universo.

— É do tamanho de uma bola de futebol?

— Podes crer.

Ouvi a Beatriz a chamar-me.

A Clarisse tinha ido passar o fim de semana a casa dos pais, no Norte. Saiu depois de jantar. Eu fiquei com a Beatriz.

— Já vou — disse da casa de banho.

A Beatriz estava a brincar no quarto. Quando me aproximei, perguntou-me:

— De que cor é esta jarra?

— Verde.

— Não. Ninguém sabe de que cor são as coisas.

Ri-me e disse-lhe que tinha de ir para a cama, já passava das dez.

De manhã muito cedo, ainda não eram oito, acordei com alguém a bater-me à porta, várias vezes, com violência, um murro atrás do outro. Estava de roupa interior, por isso corri para a casa de banho para vestir um roupão e depois para a porta. Espreitei, percebi quem era, mas estava nervoso por ser acordado assim, sentia-me pateticamente tenso, com os músculos a endurecerem, o coração a palpitar, palpitar, palpitar, os olhos a ficarem enevoados de fúria. Era o senhor Ulme. Abri-lhe a porta. Ele estava visivelmente transtornado, gesticulava muito, as mãos de dedos longos agitavam-se, eram ramos ao vento.

Durante anos praticamente não falámos, não tínhamos qualquer proximidade além daquela que as construções modernas impõem, e, de repente, ele agia com uma intimidade desconcertante. Disse-me:

— Como é possível? O Universo está desesperado, é o fim do mundo em chamas, a mais perversa escatologia.

— O quê?

O senhor Ulme pegou numa folha de jornal e mostrou-ma. As parangonas anunciavam várias crianças mortas em Gaza.

— Tenho vergonha do mundo — disse ele. — O que é que se passa?

— Parece que andamos um pouco anestesiados em

relação à tragédia, mas talvez o senhor não se sinta assim, e quando ouve aquilo que é, na verdade, tão banal, acontece o tempo todo, se sinta preocupado.

— Preocupado? São crianças, bombardeiam crianças, os sátrapas. Altitude!

— Altitude?

— Sim, as pessoas não têm altitude.

O senhor Ulme sentou-se e levou as mãos à cabeça. Perguntei-lhe se queria um chá. Recusou. Um bolo? Recusou.

— Sabe porque não somos felizes? — perguntou ele.

— Desespero, solidão, medo?

— Não. Por causa da realidade.

— Como lhe pareceu hoje a reação à sua palestra, Dr. Konrad?

— Muito bem, Kevin, muito bem. Explicar o Universo, a teoria — barulho da tampa da sanita a bater no autoclismo — geral de tudo, não é coisa pouca, não lhe parece?

— O Dr. Szczpezanski contrariou-o...

— É lamentável — barulho do papel higiénico — que esse homem seja considerado um profissional, quanto mais um ser humano. A minha teoria da grainha é basilar, irrefutável, como dizer sem parecer arrogante?, perfeita. Repare, Kevin, repare, a grainha é o que nos faz sentir que a uva existe, é — barulho do autoclismo — a testemunha da uva. Tudo o resto se perde, exceto aquele pequeno caroço. A alma é densa, é dura como a grainha da uva, tudo o resto se desfaz em sumo na boca.

— Em sumo?

— Isso, Kevin, mas agora não tenho tempo para explicar, tenho de sair, vou a uma palestra.

— Outra?
— Sim, outra.
Lavei os dentes e penteei-me com um pouco de água.
O chapéu continuava em cima da cama do quarto de hóspedes, a sua presença densa e lúgubre, como um cadáver em decomposição. Não lhe mexi. Tirei um chapéu branco de palhinha do cabide e pu-lo na cabeça, ligeiramente inclinado para o lado, sobre a orelha esquerda.
Vi-me ao espelho.
— Fica-lhe bem esse chapéu, Dr. Konrad.
— Obrigado, Kevin.
Saí de casa, desci as escadas do prédio, que calor insuportável, entrei no carro. Liguei o ar condicionado. Encontrei um lugar mesmo à porta do auditório da palestra. Era sobre novas tecnologias, o fim dos empregos, dos jornais, etc.
Quando saí da conferência bebi uma cerveja num café de esquina com uma jornalista com quem havia trabalhado antes de me tornar *freelancer*, uma rapariga com uma tatuagem da sílaba sagrada hindu ou budista ou jainista no pescoço, sempre com aquelas roupas que parecem ter caído num balde de tintas coloridas, *piercings* no nariz e nas sobrancelhas e nas orelhas e sabe-se lá mais onde, sandálias de couro e pulseiras de prata. Chamam-lhe Samadhi. Perguntei-lhe se não queria passar lá por casa depois do jantar, depois de eu ter deitado a miúda. Ela passou o dedo pela borda do copo, levantou a cabeça e disse:
— Claro.
Sorriu, e um sorriso pode de alguma maneira converter-se numa religião oriental, há uma adoração inversamente proporcional à simplicidade do ato de mostrar ligeiramente os dentes. Um sorriso transforma um homem

anódino num fanático, incapaz de pensar noutra coisa que não seja a promessa contida no sorriso.

Despedimo-nos e eu fui buscar a Beatriz a casa da minha mãe. Caminhámos de mãos dadas até à nossa casa, ela a cantarolar uma canção qualquer que aprendeu com as amigas.

Decidi fazer rolo de carne, que a Beatriz adora por causa de uns desenhos animados quaisquer. Refoguei a cebola, os alhos, o aipo e a cenoura antes de misturar a carne.

A Beatriz levou alguns brinquedos para a cozinha, espalhou-os no chão, no pior sítio possível, e sentou-se a brincar. Eu abri uma garrafa de vinho tinto para beber enquanto cozinhava.

Às nove e meia li-lhe uma história, deitei-a, tapei-a, dei-lhe um beijo de boas-noites, e às dez e um quarto chegou a Samadhi, trazia uma túnica verde, meio transparente, as unhas pintadas, os olhos também, calças de ganga, ténis. Não disse nada ao entrar, sorriu, e passou por mim ao mesmo tempo que me fez uma festa na cara, um pouco como se faz às crianças.

Ofereci-lhe um copo de vinho, rimo-nos com alguns dos disparates do Mendes, de como ele coloca os pés ao andar, das perguntas absurdas que faz. Os lábios dela mostravam aqueles riscos mais escuros deixados pelo vinho.

Poisei a mão na perna dela e de repente ficámos em silêncio. Vou pôr música a tocar, disse eu, e escolhi Chet Baker, baixinho, para não acordar a Beatriz e para afinar com as luzes, que também fiz questão de baixar.

Tirei a camisa da Samadhi, as nossas mãos andaram pela nossa pele, as nossas línguas falavam a mesma língua arquejante. Vamos para o quarto, disse eu. A penumbra que percorria a casa envolvia tudo numa aura de antecipa-

ção. Ela abriu um preservativo, meteu-mo com a ajuda da boca. Os cabelos dela cheiravam às cerejas da minha infância, lembro-me das manhãs de nevoeiro em que subia às árvores para comer os seus frutos, que brilhavam com o orvalho da manhã, e essa sensação de plenitude voltou-me às narinas, esse cheiro difícil de definir e que só quem sobe às árvores para colher frutos de Verão consegue identificar, um cheiro que fica entre a eternidade e a efemeridade e que, pelos vistos, também se prende aos cabelos.
— Cheira à existência.
— O quê? — perguntou ela.
— Nada.
Quando acabámos, acendi o candeeiro para fumar um cigarro, e foi quando a vi, o meu corpo sacudido por um choque de adrenalina, a cara dela virada para mim, de cócoras ao lado do guarda-roupa a apertar uma boneca contra o peito.

O que é que estas aí a fazer, perguntei-lhe, mas a Beatriz não me respondeu, limitou-se a levantar-se, e foi para o quarto, a caminhar muito devagar, com a cabeça baixa. Movia-se com uma calma e uma placidez estranhamente adultas, uma serenidade grave que não parecia humana, como se fizesse parte do chão e do ar e dos cortinados, como se tudo o que existe fosse uma extensão dela própria. Os cabelos loiros escorridos, mal se via a cara encostada à boneca, nenhuma palavra.

A Samadhi perguntou há quanto tempo ela estaria ali, não sei, disse eu, vou falar com ela. A Samadhi vestiu-se, eu fumei o meu cigarro, mas estava realmente nervoso, as mãos tremiam-me. É melhor ir-me embora, disse a Samadhi, eu fiz que sim com a cabeça. Entrei no quarto da Beatriz, ouvi a porta da rua a fechar-se, perguntei-lhe o que se tinha passado, mas ela não falava comigo, não dizia nada. Eu precisava urgentemente de uma história que fizesse sentido, que pudesse minimizar o que quer que ela tivesse visto.

Ali estava eu, completamente perdido, sentado no chão ao lado da cama da minha filha, a agarrar um dos seus ursos de pelúcia e a ouvir o coração a bater, a querer saltar, a querer fugir dali. E agora? E agora, Beatriz? A minha voz saiu rouca, tive de pigarrear, disse-lhe:
— Ouve, a Samadhi ficou maldisposta, doente, foi qualquer coisa que comeu, teve de se deitar, o papá ajudou-a.
Silêncio.
— A mamã não tem de ficar a saber, é um segredo nosso.
Silêncio.
Dei-lhe um beijo, desejei-lhe boa-noite.
Silêncio.
Quando me sentei no sofá da sala, o Chet Baker já não estava a tocar.

De manhã fiz o pequeno-almoço à Beatriz, leite, uma torrada com manteiga e doce, uma laranja. Tentei falar sobre a noite anterior, mas ela limitou-se a olhar para mim, com a cabeça inclinada para o lado. Perguntei-lhe se o leite estava quente o suficiente, fez que sim com a cabeça. Levei-a à escola, sempre a observá-la pelo espelho retrovisor. A Beatriz olhava pela janela, às vezes enrolava o cabelo nos dedos.

Perguntei-lhe se estava a roubar a paisagem com os olhos, mas está claro que não obtive resposta.

Perguntei-lhe de que cor era a camisola dela, não digas verde porque as camisolas não têm cor, mas ela manteve-se calada.

Despedi-me da Beatriz com um beijo na testa e ela sorriu-me, sem eu saber muito bem o que é que aquele sorriso queria dizer, mas fiquei relativamente contente.

Comprei o jornal, li as gordas, passei os olhos pelas páginas de desporto, antes de voltar para casa. Telefonei à

Clarisse, tentei dissimular o nervosismo, disse-lhe que a Samadhi tinha passado lá por casa. Quando, perguntou ela, ontem à noite, respondi. O que é que ela queria, perguntou a Clarisse. Queria deixar-me os textos das conferências daquela tarde. Se era urgente? Não, mas passou aqui pelo bairro e lembrou-se, tinha ido jantar com umas amigas. Aliás, creio que a comida não lhe caiu bem no estômago, pois quase desmaiou, tive de a deitar na cama e pensei até ligar para o cento e doze. O que é que ela tinha? Não sei, Clarisse, talvez uma indigestão, mas passados uns minutos lá ficou recomposta e voltou para casa. Não, não sei se está melhor, não lhe liguei depois disso. Sim, deveria ter ligado, talvez hoje à noite, mas de certeza que está bem, as notícias más correm depressa. Os teus pais estão bons?

Depois de desligar o telefone peguei num livro, mas adormeci no sofá, quase imediatamente, não li mais de duas páginas. Trabalhei um pouco num texto que estava atrasado, mas sem conseguir concentrar-me.

Peguei num dos brinquedos do pai, um carrinho de lata que tinha em cima da secretária, como decoração, e tentei imaginá-lo a brincar com ele. Nunca é fácil ser criança e esse tempo só é bom para os psicólogos ganharem dinheiro. O carrinho de lata vermelho tem o condutor pintado no pára-brisas, de frente, com chapéu, mas quando o viramos de lado vemo-lo de perfil. Claro que há um momento, se o olharmos de uma perspetiva cavaleira ou isométrica, em que vemos dois condutores, o do pára-brisas, de frente, e a mesma figura no vidro da porta, de lado. Gostava que a vida fosse assim e nos presenteasse com vários ângulos ao mesmo tempo. Poderíamos ser crianças e adultos na mesma frase. Poderíamos ser viciosos e virtuosos no mesmo gesto de pousar a chávena do pequeno-almoço. Mas se calhar já é assim, e as pessoas treinadas conseguem ver a vida como se olha para um carrinho de lata vermelho, vêem o condutor de frente e de lado, tal como sabem que uma pessoa pode ser viciosa e virtuosa no mesmo gesto de pousar a chávena do pequeno-almoço.

O pai não gostava que pusessem o chapéu em cima da cama. Acho que aprendi esta superstição com ele. Quando somos crianças aprendemos coisas muito estúpidas, como a localização de minas de volfrâmio e superstições. Quem ganha com isso são os psicólogos.

Não cheguei a almoçar porque não conseguia comer nada. Às quatro e um quarto saí para ir buscar a Clarisse ao comboio. Cruzei-me com a dona Azul nas escadas, cumprimentámo-nos, ela criticou o aumento de impostos, que são todos uns ladrões, vão-nos ao bolso, os carteiristas também, mas vão logo presos, agora nestes ninguém toca. Disse-lhe que se calhar não era bem assim, ela mudou de assunto, passou por um programa de televisão, perguntou pelo senhor Ulme, se estava melhor da cabeça, começou a criticar a vizinha de baixo, que está sempre sozinha.

— A Júlia é uma mentirosa, por isso é que ninguém fala com ela e está sempre sozinha.

— Tenho de me ir embora.

— Estou a aborrecê-lo, querido?

— Não, claro que não.

— E eu disse-lhe que não a conhecia assim.

— A quem?

— À Júlia. Não está a ouvir.

— Continue.

— Ela começou a gritar comigo, chamou-me tudo, mas eu não sou de ficar calada e...

— Tenho mesmo de ir, que a Clarisse chega agora no comboio das cinco.
— A Clarisse! Gosto muito da sua esposa. Trate-a bem, querido, que mulheres assim não há muitas.

Fui esperar a Clarisse à estação. Ao vê-la senti um peso imenso, uma espécie de dor de cabeça que se estendia pelo corpo todo, que apanhava os membros e me apertava os órgãos como se fosse um enorme alicate de ferro. A Beatriz correu para ela, abraçou-a, num gesto emocionado que ficou entre o riso e o choro. A Clarisse olhou para mim e levantou o sobrolho, perguntando silenciosamente o que se passava. Eu encolhi os ombros.

Ao chegar a casa encontrámos o senhor Ulme, que vinha da biblioteca com dois livros debaixo do braço. Perguntou-me se lhe servia um chá, eu anuí.

O senhor Ulme voltou a tirar a revista que eu tinha na estante de mogno e folheou-a até se deter numa página, a mesma, creio, que da outra vez. Baixinho, sussurrava uma frase que, percebi mais tarde, é uma espécie de oração que ele repete constantemente de modo a apaziguar-se e a, segundo me disse depois, "revelar-se eterno no mundo, quan-

do estas palavras são pronunciadas, a morte não existe". O que ele murmurava era:
"Entremos mais dentro na espessura".

Ali estava ele, de pé, recortado contra o sol do final da tarde, com uma revista pornográfica americana nas mãos, enquanto murmurava entremos mais dentro na espessura, entremos mais dentro na espessura. Só lhe via a silhueta negra, pois estava em contraluz, junto à janela, com a cidade por trás.

Perguntei-lhe se nunca tinha visto uma revista pornográfica. Disse-me que sim, que não era nenhum tolo ingénuo. Perante isso, não tive coragem de lhe perguntar se nunca estivera intimamente com uma mulher. Em vez disso, ofereci-lhe um chá. Fui ferver a água, lavar a hortelã. Quando cheguei à sala, estava o senhor Ulme debruçado sobre a Beatriz. Tinha uma fita métrica enrolada à volta da cabeça dela.

— Cinquenta e três centímetros.

O senhor Ulme media o diâmetro do crânio da minha filha.

— Aqui tem o chá.

— É esse o tamanho do Universo, dizia. Cinquenta e três centímetros. Não são precisos telescópios nem aqueles aceleradores de partículas nem números compridos. Basta isto — referia-se à cabeça da Beatriz. — Cinquenta e três centímetros.

A Beatriz, quando me viu, recuou, como se temesse alguma coisa, como se eu fosse bater-lhe. Deu dois passos para trás, baixou a cabeça, ficou calada, construindo um nevoeiro espesso à sua volta. A Clarisse entrou nessa altura, apercebeu-se da aura que pairava na sala e perguntou o que se passava.

— Nada — disse eu.
— Medíamos o Universo — disse o senhor Ulme.
A Beatriz, muito baixinho:
— Cinquenta e três centímetros.

Ele bebeu o chá, levantou-se, estendeu-me a mão e foi para casa. Arrastava os pés ao andar.

No dia seguinte encontrei a dona Azul, cujo olho direito está sempre a piscar. Vive no andar por baixo do nosso. Falei-lhe do senhor Ulme.

— Então não sabe o que lhe aconteceu?
— Não.
— Teve um aneurisma — disse-me.
— Um aneurisma?
— Sim, meu querido, o senhor Ulme foi operado há dois meses. Não se lembra de uma parte da vida. Consegue fazer tudo o que fazia, mas não se lembra do passado. Sabe os nomes das plantas todas, mas não se lembra que foi criança.
— Nada?
— Nada.
— Não fazia ideia.
— Meu querido, até parece que não vive aqui neste prédio, que cabeça no ar. Temos de ser uns para os outros, imagine se um dia precisar de ajuda, quem é que lhe acode?

Ao jantar perguntei à Clarisse se ela sabia do aneurisma do senhor Ulme.

— Claro, toda a gente sabe que ele foi operado. Aliás, eu fui com a Beatriz ao hospital levar-lhe um ramo de flores, que eu sei que ele gosta muito.

— Que coisa.

— Sim, é muito triste ter perdido assim as memórias afetivas, ninguém deveria ter um castigo semelhante.

É verdade, Clarisse, pensei eu, lembro-me que o castigo para alguns antigos judeus, o inferno, a *gehenna*, era um espaço de absoluto olvido, uma aniquilação, um desaparecimento total. Mais do que o sofrimento infligido pelas populares chamas, o abismo do nada é mais assustador. Pelo menos para mim. Deixar de ser é pior do que sofrer por ser ou ter sido.

— Que idade é que ele tem?

— O senhor Ulme?

— Sim.

— Acho que sessenta e tal ou setenta e poucos.

— Parece muito mais velho.

— Também acho.

— Tens ido ao quarto de hóspedes?

— Que raio de pergunta é essa?

O senhor Ulme quis que o levasse a uma sessão espírita.
— Quer falar com os mortos?
— Não propriamente, não tenho nada para lhes dizer.
— Porque é que quer visitar um médium?
— Já lhe digo, cavalheiro, não seja impaciente. É igual às outras pessoas todas, só pensam em falar, seja com vivos, seja com mortos. E que tal ouvir? Altitude! Uma pessoa vai a um médium para ouvir os mortos.

A médium tinha cabelo vermelho e um barrete de *crochet* branco, os dedos eram compridos, afiados nas pontas, e terminavam com unhas pintadas de um vermelho tão vivo que me provocava uma ligeira tontura, como se o mundo estivesse demasiado contrastado. A boca, quando ria, fazia aparecer dentes um pouco salientes e amarelos.

Só a meio da consulta percebi a intenção do senhor Ulme com aquela visita, pretendia que o seu passado, que algum fantasma do seu passado, emergisse e começasse a falar com ele através da boca torta da médium e lhe dissesse: lembras-te, Manel, de te sentares em Bruges, junto ao canal, e uma senegalesa esguia te atirar o fumo do cigarro para a cara, gargalhando depois e convidando-te para dançar? E tu, Manel, não recusaste, porque nunca disseste não a nenhuma mulher, e aquela tinha um sotaque tão exótico e os braços tão lisos e a pele tão anoitecida pelo desespero da sua infância. Lembras-te, Manel, da tatuagem que ela tinha no pescoço, uma cruz e uma roseira à volta? E tu pousaste ali os lábios para te picares nas rosas, mas o que sentiste foi uma palavra dela a inundar-te o ouvido esquerdo com aquele sotaque exótico, e quando saíram do barco querias fazer uma tatuagem igual, morro se não a fizer agora, se não ficar a cheirar a cruz e a rosas, foi o que disseste enquanto cambaleavas pela rua agarrado ao casaco de peles dela.

Mas a médium não disse nada disto (são memórias que eu recolheria mais tarde), limitou-se a engrossar a voz, era supostamente o pai do senhor Ulme que falava, disse que tinha muito orgulho nele, que o via do céu e que o seu olhar o empurrava pela vida, assim como o vento enfuna as velas dos barcos. Filho, disse a médium com voz grossa, tenho aqui a tua mãe ao meu lado, agarra-me no braço e sorri, tem saudades tuas, pensa muito em ti, quer que andes agasalhado, que te alimentes bem, que comas peixe e vegetais cozidos, brócolos e cenouras, sei que já não tens oito anos, mas no coração das mães é difícil um filho envelhecer. Escuta, quando ouvires na tua cabeça uma canção que não sabes de onde vem, é ela que a trauteia, por isso acarinha essa música e anda na rua a assobiá-la que a tua mãe gosta de se sentir acompanhada e assim, enquanto ela canta, tu assobias, fazem uma espécie de orquestra, uma no Céu, outra na Terra.

— A minha mãe está aí?
— Está, filho, na verdade está em todo o lado, não há nada mais omnipresente do que uma mãe, nem Deus Nosso Senhor.
— Como é que ela é?
— Então não te lembras?
— Não me lembro de nada.
— É muito bonita.
— Não me lembro de nada.
— São sessenta euros, porque é a primeira consulta, as próximas ficam-lhe a cinquenta.

Saímos. O senhor Ulme estava desanimado, cabeça para baixo, olhos fixos no chão.

— Parece que vai chover — disse eu.

O senhor Ulme não respondeu, mas murmurava entremos mais dentro na espessura, entremos mais dentro na espessura.

Ao regressarmos a casa, tive a estranha sensação de estarmos a ser seguidos. Ao voltar-me para trás, mais de uma vez, senti um vulto a esconder-se, primeiro numa esquina, depois na entrada de um prédio, depois atrás dum plátano.

Foi então que tomei uma decisão muito importante, ao chegar a casa, depois de me descalçar e de fumar um cigarro à varanda. Haveria de a pôr em prática no dia seguinte, sem falta.

No espelho:

— Como se sente hoje, don Aguillera?

— Bem, Kevin, muito bem, o calor que deitei a encher a pista ficará a pairar neste salão por mais de uma década. Dançarinos que virão depois sentirão o lugar onde pousei os meus pés, assim como se pisassem flores no campo. Durante anos, dançar aqui será como um passeio bucólico de uma beleza mais intensa do que uma queda de água tropical. As danças que são executadas na perfeição não morrem.

— E aquele momento de hesitação, don Aguillera?

— Um pecado da minha parceira. Não compreende pequenos gestos, é uma inculta, uma velha que não vê bem ao perto, incapaz de perceber as subtilezas do corpo, não lê a linguagem da pele e em vez de rodar o pé para a direita fá-lo para a esquerda. O meu problema são os outros, a pequena ignorância. Para uma pessoa morrer basta a água chegar-lhe às narinas, um centímetro faz toda a diferença.

— Vais demorar muito? — perguntou a Clarisse do outro lado da porta da casa de banho.

— *Dios*, como as pessoas desprezam pequenos passos, os grãos de areia, o pestanejar, don Aguillera. Mas a sua atuação foi notável, ficará na memória.

— Mais do que isso, ficará na madeira do chão, no mármore das colunas, o Universo é testemunha dos meus sapatos a pisar o chão.

— Então, demoras muito?

— Pé esquerdo, pé direito, assim, repare como faço deslizar os pés com a inteligência do vento a passar pelas ancas de uma mulher. A subtileza com que...

— Então?

— Saio já.

Pus o carro a trabalhar e parti para sul. A aldeia onde o senhor Ulme cresceu ficava a uma hora e meia de caminho. Não tinha ar condicionado no carro e o dia estava quente. Abri todas as janelas. Fui pela estrada nacional para poupar dinheiro. Parei para almoçar num restaurante de estrada, com janelas de alumínio castanho, e comi borrego no forno, demasiado engordurado. Li um jornal desportivo. Bebi uma aguardente no final para fumar um cigarro.

A aldeia ficava na raia, junto a Espanha. Fiz algumas vezes essa estrada quando era miúdo. Nessa altura, Portugal era ainda mais pequeno e íamos a Espanha comprar caramelos *Solano*, eu, o meu irmão, os meus pais. Um dia trouxe um *Action Man*. Tenho uma fotografia com ele, acabado de comprar, seguro-o sorridente à altura da cabeça, em frente ao nosso *Austin Allegro* branco. Lembro-me do dia em que o pai o comprou, estava contente, orgulhoso, mas eu fiquei desapontado, esperava algo mais desportivo.

O pai abriu a porta e apontou para o volante. Era quadrado. Diziam que era melhor para conduzir.

Parei no largo principal da aldeia, junto à igreja. Perguntei pela casa dos Ulme. Um velhote de boina aos quadrados, pelos a saltarem do nariz e das orelhas, bigode branco, cigarro no canto da boca, apontou-me a casa.

Era um edifício senhorial, bastante degradado. Toquei, mas ninguém me atendeu. Bati na porta ao lado. Uma senhora vestida de preto abriu a porta. Disse-lhe que estava a reunir alguma informação sobre a família Ulme.

— Para quê?
— Para ajudar uma pessoa.
— Que pessoa?
— Manuel Ulme.
— O menino Manel?
— Esse.

— Vivíamos num canto — disse ela.

Pensei: é isso, dona Eugénia, naquele tempo as mulheres viviam num canto. O mundo não era para elas. Viviam sempre lá ao fundo, na penumbra húmida da vida. A sua voz era um murmúrio longínquo, que se arrastava do canto onde as mulheres viviam e morria à sua volta, caindo das suas bocas diretamente para o chão, como um bocado de cuspo. As mulheres eram portas fechadas.

— As mulheres viviam num canto. Trabalhávamos muito, de sol a sol, no campo e em casa.

— E agora é diferente?

— Não sei. Sim, há coisas que são diferentes. Naquele tempo coalhávamos o queijo com as flores do cardo, dávamos os restos às galinhas. Agora vai tudo para o lixo.

— Tem filhos?

— Levaram-me o meu único filho e enterrei um caixão vazio, que os bocados dele ficaram por Angola.

Pensei: a solidão é uma doença, dona Eugénia, que

nos contamina o corpo, enterra-se a sua semente e depois nasce-nos no peito um carvalho morto.

— Porque é que ficou aqui?

— Porque sou daqui. Para onde havia de ir?

Pensei: percebo, dona Eugénia. Da mesma maneira que um soldado resiste até à morte para manter o seu posto, ela também o fizera, ficara no campo, é esse soldado que não abandona o posto, mesmo que não acredite na guerra, mesmo que não saiba por que ideal combate. Nunca será condecorado, mas é verdadeiramente um soldado heroico. Ela pertence à terra, tal como as oliveiras e os sobreiros.

Sentámo-nos nas cadeiras de plástico vermelho que ela tinha à entrada da casa.

Segundo a dona Eugénia, o menino Ulme era um rapaz perfeito, sem mácula, incapaz de qualquer injustiça, ponderado, simpático. Penteava-se sempre de risco ao meio, e isso, disse ela, "seduz qualquer mulher".

Era muito bom aluno, garantiu-me, tratava a todos por igual, "mesmo os de baixa condição".

— A gente vivia numa casa — disse ela — em que as visitas eram doutores e engenheiros, mas ele tratava-nos como se fôssemos, também nós, pessoas dessas.

— Fale-me um pouco da infância do senhor Ulme.

— Era bonito, as mulheres gostavam dele, mas foi a menina Margarida que sempre lhe deu a volta à cabeça.

A dona Eugénia lembrava-se do dia em que ele se apaixonou.

— Um gafanhoto ficou preso nos cabelos dela e o menino foi a correr tirar-lho e caíram os dois no chão, a rir. E a dona Maria da Graça, mãe do menino Manel, ficou zangada, fechou as sobrancelhas, apertou as mãos, e eu percebi que aquilo ia correr mal, pois se eram de mundos diferentes, não é?

— Talvez esses mundos aprendam a passear de mãos dadas.

— O quê?

— Nada. Portanto, caíram os dois no chão a rir.

— Sim, coitados, estavam apaixonados. Ele andava com o nome dela na boca o tempo todo, se pedia o sal, ouvia-se Margarida, se gritava golo, ouvia-se Margarida, se dizia amén, ouvia-se Margarida, era um inferno para a senhora, coitada. Era uma grande vergonha.

A cadela, com as tetas inchadas, deitou-se junto às pernas da senhora e lambeu a pata traseira. A cauda bateu algumas vezes quando olhou para a dona, depois pousou a cabeça no chão com uma espécie de suspiro.

Pus os óculos escuros, o sol atacava-me.

Percebi que a Margarida Flores fora uma menina da aldeia, muito bonita, como, aliás, as outras duas irmãs. Partiam o coração a todos os rapazes da região. A Margarida tornou-se, anos mais tarde, cantora de fado, mas, segundo a dona Eugénia, para enveredar por um destino triste, em que acabou presa algumas vezes. Era uma rapariga rebelde, que "não se conformava com a sua condição. Nós somos humildes, gente séria e honesta, não roubamos nada, mas ela queria mais, deu muita confusão com tanta gente, o pai dela devia ter consertado o assunto, umas palmadas bem dadas, aliás, na altura era com cinto, agora é que é pecado bater nos jovens, mas dantes era a toda a hora, quer dizer, não era a toda a hora, mas era sempre que precisavam".

A certa altura chegou o marido. À pergunta que lhe fiz sobre o menino Ulme, respondeu:

— Não passava de um cabrãozito burguês.

Entrei no Café Mário. Uma senhora serviu uma sopa a um homem de barba, óculos e colete preto.

— Não presta — disse ele.

Eu entabulei conversa com o dono, que estava atrás do balcão, tentava perceber quem me poderia ajudar a reconstruir a memória dos primeiros anos do senhor Ulme.

— De quem?

— Do Manuel Ulme.

— Esse já cá não vive há muito tempo.

— Isso eu sei.

— Ontem estava boa, era a mesma sopa — disse a dona para o homem de colete preto.

— Estragou-se.

— Sabe de alguém — perguntei ao dono do café — que o tenha conhecido e que me possa contar umas coisas sobre ele?

— Experimente o padre.

— De um dia para o outro? — perguntou a dona do café ao homem de colete.

Saí depois de beber uma bica e fui até à sacristia. Recebi um telefonema do jornal, queriam que entrevistasse um ator moribundo, disse que não podia, estava no Alentejo. Um pavão atravessou a rua.

O padre era um homem obeso, baixo, careca, óculos de massa preta.

— Porque é que quer saber do Manel?

— Teve um problema de saúde e não se lembra de quase nada.

— Para todos os efeitos, é engraçado que eu tenha ido para o seminário por causa dele.

— Como assim?

— O Manel, a certa altura, antes de as mulheres, especialmente a que veio a ser cantadeira, lhe darem a volta à cabeça, ele tomava atitudes que raiavam a santidade, apesar de serem ingénuas e até exóticas. Um dia, a mãe do Manel, a dona Maria da Graça, que Deus a tenha, chegou a casa e encontrou a sala cheia de mendigos, todos descalços, porque o Manel os tinha levado para casa para lhes lavar os pés. A senhora teve um choque, desatou aos berros, as criadas que tinham permitido aquilo levaram uma descompostura gigantesca, o Manel também. Mas na semana seguinte recrutou uma série de gaiatos da idade dele, incluindo eu, e lá fomos outra vez à cata de mendigos e prostitutas. Criou uma espécie de bando de santos e aquilo afetou-nos a todos de alguma maneira, ao ponto de eu passar a ver a religião de uma forma mais séria, quase heroica, em que o ser humano, para se engrandecer e servir Deus, deveria fazer-se pequenino e humilde.

Ideias ingénuas, como lhe disse, coisas de criança, mas que me marcaram.

"Lembro-me especialmente da ocasião em que lavámos vários pés no Café Mário. Estávamos na rua, o Manel disse: Meu caro senhor, tenho de lhe lavar os pés. O pedreiro Velha riu-se e disse que não. Morrerei se não o fizer, disse o Manel. Disse mesmo isso, que morria. Muito bem, então paga-me um copo no Mário. Entraram os dois na taberna e eu fui atrás, todo a tremer. O Samarra e o Diz estavam junto ao balcão e olharam para nós. O pedreiro Velha sentou-se numa cadeira e descalçou-se, o fedor era tanto que parecia que o Cassius Clay estava ali a esmurrar-nos a cara, um gancho de direita, um *uppercut*. O Velha levou as meias ao nariz, cheirou-as, inclinou a cabeça, puxou para baixo os cantos da boca e arqueou as sobrancelhas, como quem diz: não está mal. O Diz perguntou, o que é que se passa, e o Velha disse: O miúdo quer lavar-me os pés. Não podiam fazer isso lá fora, perguntou o Mário, nem pensar, disse o pedreiro Velha, que ele prometeu-me uma garrafa de bagaço. O Manel perguntou: então não era um copo, e o Velha respondeu, enquanto esticava as pernas e os dedos dos pés, é pegar ou largar. O Manel pousou no chão a bacia que trazia, pediu ao Mostovol, um amigo nosso, um cântaro de água. O Velha exigiu que fosse quente e o Manel lá se ajoelhou, tirou o sabão azul do bolso e lavou os pés ao Velha que, enquanto isso, bebia copos de bagaço e fumava uns *Águia*. O Diz e o Samarra, ao verem o pedreiro a beber, começaram a ficar com sede. Também nos pagas uma garrafa de bagaço, perguntaram, e o Manel enfiou as mãos nos bolsos para ver se tinha dinheiro e disse que pagava uma garrafa aos dois, mas que não podia ser mais do que isso. Chegaram então a acordo e descalçaram-se logo, e o ar ficou tão denso que parecia que tínhamos emigrado para dentro de um buraco de queijo da Beira Baixa."

"A princípio lavávamos os pés dos miseráveis que andavam por aí a pedir, mas ele insistia que também queria lavar os pés das meretrizes, que isso é que era, e não apenas mostrar que servíamos os pobres, mas qualquer vítima de opressão social, da instrumentalização do ser humano. O Manel falava mesmo assim, dizia "instrumentalização" como quem pede um copo de água, e nós ficávamos fascinados a ouvi-lo. Dizia: temos de lavar os pés de todos aqueles que a sociedade esmaga sem pudor, servindo-se dos seus corpos, das suas unhas, dos seus lábios, uns para os obrigar a cavar, outros para os obrigar a beijar. O Tó, um amigo nosso, explicou-lhe que uma coisa era dar de comer, ou beber, a mendigos andrajosos em troca de eles nos deixarem lavar-lhes os pés, outra coisa eram as putas, Deus me perdoe a linguagem, mas foi o que ele disse, levam mais caro. O Manel não se fez rogado e levou-nos todos a um bordel, todos em fila como soldados, a marchar contra a "banalidade de uma escravatura que aceitamos e usamos para a felicidade de uns poucos". O Tó insistia, ó Manel, isto vai correr mal, mas ele não queria saber, e continuámos a marchar. As mulheres riram-se de nós e mandaram-nos embora, mas a Cecília, que tomava conta da casa, disse ao Manel para se aproximar. A Cecília tinha sido professora, mas caiu na desgraça do adultério e acabou na vida. Enfim, ficámos ali todos, o Tó, o Porrinha, outro amigo nosso, o Mostovol (que em adulto veio a ser palhaço de circo) e eu, a ver a Cecília sentada no sofá, com as pernas abertas, o sexo cheio de pelos, e o Manel debruçado sobre ela, como se à beira de um abismo, a esfregar-lhe os pés numa bacia de água que a Zaida, uma das da casa, tinha ido buscar, e, enquanto ele esfregava, a Cecília dava-lhe uma lição de anatomia, os grandes lábios, os pequenos, dizia-lhe os nomes em latim, *labia majora, minora*, com os dedos puxava o capuz, mostrava-lhe o clítoris, a uretra, disse-lhe que a tocasse, ainda hoje esta imagem me assombra, especialmente por causa do latim. Quando a missa deixou de ser dita nessa língua morta fiquei contente, porque deixei de associar a eucaristia ao pecado venial. Bom, mas o Manel tremia muito, estava apavorado, e ela chegou mesmo a conduzir-lhe a mão pelas vergonhas enquanto lhe corrigia os movimentos. Nessa tarde encontrei-o na casa de banho da escola, estava todo vermelho, e eu achei estranho. O que é que estiveste a fazer, perguntei-lhe. A pensar, respondeu ele enquanto apertava as calças. A pensar no quê? Em flores."

"Pois bem, caro senhor, o Manel, apesar dessa coisa de querer ser santo, tinha um outro lado, não era só a queda pelas mulheres, ele era um tipo cruel.

— A dona Eugénia não partilha essa opinião.

— As mulheres são mais indulgentes para com o Mal. Olhe, por exemplo, os jogos de futebol que fazíamos. Os pobres jogavam à bola com uma bexiga de porco, mas o Manel apareceu um dia com uma bola de cauchu que o pai lhe trouxe do estrangeiro, uma bola a sério, mas bem mais dura do que as bexigas que utilizávamos. Ora, ao Almeida, que estava numa cadeira de rodas, não se mexia e tinha um tubo para mijar, está a ver a coisa, o Manel punha-o junto à baliza adversária a jogar a ponta de lança.

— Tinha pena dele e queria que ele também jogasse?

— Não era bem isso, o Manel obrigava os outros jogadores da sua equipa a chutarem a bola de cauchu contra a cabeça do aleijado, tentando um ricochete que fizesse golo. Curiosamente, o Almeida ainda é vivo, mas não sei como é que sobreviveu aos nossos jogos de futebol. Nós ríamo-nos com aquilo, especialmente quando efetivamente a bola entrava na baliza e gritávamos golo em histeria, a rir, até os da equipa adversária festejavam. Mas o problema era à noite, comecei a sonhar com o barulho da bola a bater na cadeira de rodas e sobretudo na cabeça do Almeida. Tive muitos sonhos com o barulho que faz uma bola de cauchu a bater na cabeça de um paralítico.

— Bom, as crianças são sempre um pouco cruéis.

— Talvez fosse isso, não posso dizer, até porque, na verdade, éramos todos complacentes com aquelas sevícias e até invejávamos as ideias que o Manel tinha.

— E as irmãs Flores?

— Eram três meninas maravilhosas, tenho de dizer isto lentamente, maaaa-raaaa-viiii-lhoooo-saaaaaaas, boas raparigas, e eram o nosso grande sonho, não havia ninguém que não estivesse apaixonado pelas Flores. O Mostovol, o que veio a ser palhaço, passava horas em frente à casa delas só com a esperança de as ver passar à janela.

— Mas elas não saíam à rua?

— Obviamente que sim, julga que vivíamos na Idade Média? Mas não chegava, queríamos ver mais, andávamos sempre atrás delas, a distância respeitosa, claro, mas era mais forte do que nós. Elas nem queriam saber, era raro dirigirem-nos a palavra, a menos que fosse estritamente necessário. Eram as três muito diferentes.

Segundo o padre, a Dália era a mais baixa, a mais recatada, sempre de semblante severo, vestia-se como uma velha ("mas não imagina como os olhos eram bonitos, nem sei se Eclesiastes encontraria palavras que lhes fizessem justiça"). A Violeta tinha alguma coisa estranha, talvez uma certa aura de pecado, ao contrário da Dália. Os olhos eram fogosos, deitavam uma espécie de sarcasmo, a tez era escura, o nariz relativamente grande, mas sem estragar a harmonia perfeita das feições. Tinha um sinal por cima dos lábios. A Margarida era jovial, era a única que, por vezes, sorria, meio envergonhada. E, segundo o padre Tevez, "irradiava um estranho tipo de luz, dava aquela sensação de quando saímos à noite no campo e o luar ilumina de tal forma a paisagem que nos parece dia. Aliás, as três emanavam luz e foi isso que nos guiou até meio da adolescência, altura em que alguns de nós foram para a cidade, outros emigraram, outros morreram, e eu decidi ser padre".

O pai do senhor Ulme ia para a varanda de casa ler poesia. Obrigava as pessoas a aprender a ler e obrigava-as a dizer poesia. À tarde virava a grafonola para a rua e punha toda a gente da aldeia a ouvir Haydn, Wagner, Puccini. Orquestras famosas que gravavam em Londres e em Salzburgo e em Paris e que agora andavam a passear pelos ouvidos dos habitantes da aldeia. Mozart percorria os campos, abraçava as oliveiras e as azinheiras, a música preenchia o espaço que faltava à Natureza, porque falta sempre muita coisa à Natureza, uma delas é a música. Um sobreiro é muito mais sobreiro depois de ouvir Bach do que simplesmente pela companhia dos melros e das pegas. O pai do senhor Ulme sabia isso, que devemos corrigir o mundo, inventar uma história melhor, uma história com música. Não desistiremos.

— E *jazz*? — perguntei ao padre.
— O que é que tem?
— Não se ouvia?

— O homem era um conservador, o *jazz* era música de bandidos.
— Mas o senhor Ulme gosta muito de *jazz*.
— Entenda isso como quiser.
Segundo o padre, o pai do senhor Ulme dizia que o Dia D fora anunciado pela rádio com um verso de Verlaine. Era a maneira de todos saberem que o Dia D estava a chegar. A poesia até para acabar com a guerra servia, era isto que o pai do senhor Ulme anunciava antes de começar a dizer um poema: "A poesia serve para acabar com a atrocidade, é uma bala na cabeça do horror, é uma pedra atirada contra este cenário de mau gosto, este mundo que acreditamos ser a realidade". Obrigava toda a aldeia a ouvir poesia, ele próprio reunia os habitantes, como um verdadeiro pastor, juntava-os debaixo da varanda e havia sempre mais gente a ouvir poemas do que a assistir à missa ao domingo de manhã. Aliás, isso é algo que o padre não consegue ainda perdoar, passados tantos anos, nem ao pai do senhor Ulme nem aos habitantes da aldeia. Ninguém ligava nenhuma aos poemas, é certo, mas a força do hábito criou raízes, a força do hábito vivia no campo, fez como fazem as árvores. Não gostando de poesia, como é que a preferiam aos sacramentos? Não lhes perdoo. O padre também contou que o pai do senhor Ulme, quando as pessoas não podiam pagar os estudos, provia de modo a que todos pudessem aprender. As Flores foram estudar para Lisboa e quem lhes pagou os estudos foi o pai do senhor Ulme. O mesmo com o Mostovol, que veio a ser palhaço. O mesmo com o Porrinha, que, segundo o padre, se tornou cirurgião. O mesmo com a Zaida, que depois de estudar e voltar à aldeia foi trabalhar no bordel da Cecília, porque para as mulheres não era a mesma coisa.

— E agora está melhor? — perguntei ao padre.
— O que é que está melhor?
— Para as mulheres.
— Não me faça perguntas difíceis.

Quando voltei do Alentejo e entrei em casa, fui diretamente para o quarto de hóspedes. O chapéu ainda estava em cima da cama. Senti-me verdadeiramente ultrajado, a Clarisse de certeza que já o tinha visto ali em cima. Se não o arrumava, isso era uma mensagem.

O senhor Ulme bateu à porta, eu abri, fez uma espécie de vénia.

Tirou do bolso um molho de cartas.

— Desde que fui operado que isto me mói as ideias, o cérebro, o corpo, a coluna vertical.

— Vertebral.

— Vertical.

— Muito bem, vertical.

— O mundo está numa situação desesperada.

Perguntei-lhe o que se passava e ele, com violência, bateu com a mão nas cartas que havia pousado em cima da minha mesa da cozinha.

— Isto. Passa-se isto.

Peguei nas cartas, quase todas de contas, da água, da luz, do gás, do telefone, alguns folhetos com publicidade.
Encolhi os ombros.
— Então, é a indiferença? — perguntou ele.
— Não sei o que dizer.
— Não sabe o que dizer, cavalheiro? Eu resumo-lhe em duas palavras: pagar ou comprar. É este o mundo em que vivemos e que construímos para os nossos filhos? Tem limonada? Não pode ser industrial, quero com limões espremidos.

Disse que lhe fazia uma limonada, ele sentou-se na cadeira junto à mesa, visivelmente perturbado, a respirar com dificuldade, com as mãos a agarrarem a cabeça, uns farrapos de cabelos a saírem-lhe por entre os dedos. Tirei um limão do armário, espremi-o, juntei um pouco de água, umas folhas de hortelã, gelo. Ouvia-o murmurar imprecações de várias espécies, que pareciam encher o chão de cobras, de silvos. Pousei o copo de limonada em cima da mesa.
— Está tudo perdido — disse ele.
Agarrou no copo, bebeu-o de um trago. Ficou com uma folha de hortelã pendurada no bigode e disse:
— Amarga. Falta açúcar, cavalheiro.

Contei-lhe que decidira escrever a história dele, reconstruir-lhe a memória.
— O cavalheiro é um verdadeiro ser humano, altruísta e generoso. Curvo-me até ao chão.
Tentou efetivamente curvar-se, mas desistiu a meio queixando-se das costas e repetindo depois, baixinho como era hábito, entremos mais dentro na espessura, entremos mais dentro na espessura.

Contei-lhe os poucos episódios que reuni do seu passado, incluindo o facto de o marido da dona Eugénia lhe ter chamado cabrãozito burguês.
— Se calhar fui.
Da Margarida Flores, não se lembrava de qualquer episódio afetivo, mas disse que sabia quem era, pois tem um armário inteiro com *dossiers* cheios de artigos de imprensa sobre a fadista.
— Centenas de recortes, fotografias, e ainda três ou quatro xailes, ganchos de cabelo e umas cuecas. Tenho alguma vergonha de olhar para esse móvel, faz-me parecer um daqueles malucos obcecados por pessoas famosas.
Omiti o caso dos jogos de futebol, mas não deixei de lhe contar o episódio no bordel. Ficou com lágrimas nos olhos ao dizer:
— Afinal vi uma mulher nua. Que pena não me lembrar.

Pai, estou em frente ao espelho.

Relembro-te um momento em que estavas de cócoras ao meu lado e me ajudavas a montar um lego, tenho de te agradecer isso, de te debruçares sobre as minhas brincadeiras, cresci com a tua sombra. Tenho de agradecer-te o hálito a café pela manhã, quando me acordavas para ir para a escola, e, claro, o primeiro *after-shave* que me deste, depois de rapar o buço incipiente que me pautava o lábio superior. Pai, ainda uso a mesma marca, não consigo imaginar outra, se a fábrica deixar de os produzir desisto de fazer a barba. Tenho de te agradecer o primeiro jogo do Sporting que vi no estádio de Alvalade, o Manuel Fernandes, o Oliveira, o Damas, mas acima de tudo o facto de gritares golo como se reclamasses a eternidade, nunca me esquecerei da tua voz a fazê-lo, era a única que eu ouvia no delírio do estádio, era o grito que eu seguiria como se fosse o Messias, eu, com sete anos a correr atrás da revelação, da religião, da vida eterna que era uma palavra de quatro letras, como o impronunciável nome de Deus era para os judeus. Dizias golo, pai, mas eu ouvia a mais alta conquista do ser humano, uma espécie de divinização da lama de que somos feitos. Tremia por dentro, pai, tremia com o teu grito eterno, que se projetava do passado mais longínquo, desde o *big bang* ao fim dos tempos, um grito que percorria a história e refazia a vida, montava os ossos dos homens num esqueleto, dava-lhes poesia, ou alma, se preferires, ressuscitava todos os mortos, o teu grito. Quatro letras, como o nome de Deus. Tenho de agradecer-te, pai, o modo como sorrias quando eu chegava a casa e te abraçava, confuso pela tua presença breve, delicada, como uma brisa. Se um dia vier a acreditar em Deus, não quero relâmpagos e trovões, quero um sorriso delicado como aquele que aparecia no teu rosto. O mundo, quer-me parecer, é muito mais um sorriso ou uma flor a abanar ao vento do que um terramoto, um monumento de pedra ou um *grand canyon*. E agora, pai, tenho de ir buscar a Beatriz aos tempos livres.

Mas encontrar-nos-emos aqui no espelho, ou num golo do Sporting, em quatro letras.

Até já.

Fui buscar a Beatriz aos tempos livres. Cumprimentou-me, olá, não acrescentou mais nada, nem quando lhe perguntei se queria ir à Pastelaria Deliciosa, que tinha os seus bolos favoritos. Simplesmente encolheu os ombros e continuou a andar.

Não fomos comer bolos.

Entrámos em casa e eu, ao passar pelo quarto, sentia uma coisa sólida a vir dali, uma matéria densa, que se enroscava pelas paredes da casa e contaminava tudo. Já não era a minha superstição que me incomodava, era o facto de a Clarisse não ter qualquer consideração pelo que me perturba.

— Tens visto a mamã neste quarto?

Fez que sim com a cabeça.

Não precisava de ter perguntado, já sabia a resposta, é nessa divisória da casa que guardamos as roupas das camas e as toalhas.

A Clarisse chegou pouco antes de o jantar estar pronto. Descalçou-se e sentou-se no sofá, depois de me dar um beijo perfeitamente estéril, como se pousássemos os nossos lábios na borda de um copo vazio. A Beatriz aninhou-se ao colo dela, mas, passados poucos minutos, a Clarisse mandou-a sair, dizendo-lhe para ir brincar. Eu chamei-as para virem jantar, que já estava tudo na mesa. Sentámo--nos os três em silêncio, eu servi a Beatriz, parti-lhe a carne em pedaços depois de ela ter comido a sopa de feijão-verde e abóbora. Ainda vamos ser felizes, pensei. Mas a matéria do quarto de hóspedes adensava-se.

Tenho a certeza de que a vida morre com a rotina e não com a morte, e que o hábito nos petrifica, um dia olhamo-nos ao espelho e estamos transformados em está-tuas, faz lembrar a mulher de Lot, quando ela e o marido saem de Sodoma, estando esta a ser destruída devido à iniquidade dos seus habitantes, e lhe dizem para não olhar para trás. Come a carne, Beatriz, ainda tens tudo no prato, disse, enfim, aquilo de olhar para trás era o pecado, a mulher de Lot não deveria ter qualquer desejo de regressar a uma vida absolutamente sedentária, desejar a rotina e execrar a mudança, uma vida nova, mas sei que isto nos acontece, queremos o conforto da banalidade, daquilo que conhecemos, sentarmo-nos num restaurante e pedir sem-pre o mesmo bitoque, olhar para a corrupção quotidiana como quem olha uma montra de um pronto-a-vestir, fazer sempre as mesmas maldades, dobrar as camisolas da mesma maneira, votar nos mesmos criminosos, saber que as meias estão na gaveta certa, ignorar a miséria e ter a certeza absoluta de que os chapéus não serão jamais pousados em cima da cama.

Eu faço isso, não faço?

Faço.

A Clarisse pediu-me o sal, toma o sal, Clarisse, por acaso foi em sal que a mulher de Lot se transformou. Correu bem o trabalho? Sim, respondeu ela.

Voltando à mulher de Lot, eu também não sei olhar em frente, acho que é isso, ando convencido de que amo a liberdade, a novidade, a mudança, mas sou uma mulher de Lot. Sou, não sou? Acho que sim.

Resistirei.

O que é que almoçaste hoje, Beatriz, perguntou a Clarisse, e a Beatriz disse peixe, e eu, sem motivo aparente, comecei a ficar muito maldisposto, enjoado, o que é que se passa, perguntou a Clarisse, estás tão branco, e eu disse que talvez fosse a tensão, o que não era mentira nenhuma, só não era a tensão arterial.

— Bebe um copo de água com açúcar.

— Já estou melhor.

Mas não estava, há anos que ficava cada vez pior, a rotina embacia-nos, torna-nos indefinidos, desfocados, fantasmas, máquinas, ao mesmo tempo que nos solidifica em estátuas de sal. A consciência da morte é o que nos desperta dessa morte em que vivemos, que nos diz o que deveríamos ter feito, o que deixámos de fazer, a morte é um despertador, um despertador que nos acorda para a inevitabilidade dos nossos erros. Trrrrim, trrrrim, morreremos em breve, temos de agir, de resistir. Não desistiremos. A solução seria termos todos uma caveira na mesinha-de--cabeceira, como fazem os monges cartuxos, para nos servir de despertador e todos os dias sabermos que temos de acordar, não para viver a rotina fatal do quotidiano, mas a vida apaixonada de alguém que ainda sabe que existem nuvens, céu e beijos.

— Toma, bebe, já pus açúcar.
— Obrigado.

É preciso tomarmos uma gota de cianeto todos os dias para não morrermos envenenados, lembrarmo-nos da morte para sabermos o que fazer, para onde ir. É preciso isto: levantar o tórax como se fosse uma camisa e mostrar o coração com uma caveira tatuada, uma daquelas tatuagens esverdeadas, feitas com tinta-da-china e com uma lâmina de barbear enferrujada. Uma caveira entranhada que nos lembre de abominar a solidez destes quotidianos de sal, de pedra, sem esperança ou liberdade. Esta tarde comi a Samadhi na casa de banho da redação do jornal, ela de costas, com as mãos apoiadas na parede, eu a agarrar-lhe as ancas, os dois a contermos os gemidos e a parar de cada vez que entrava alguém para uma das cabines do lado.

— Já estás com melhor ar.
— Já me sinto melhor, obrigado. Beatriz, pega no garfo e come. Vais ficar sozinha à mesa.

Temos de ter a morte sempre ao pé de nós, como uma cadela fiel que levamos à rua e alimentamos com ração. Ou ainda mais próxima, mais próxima do que a pele.

A Samadhi de vez em quando puxava o autoclismo para abafar os nossos ruídos, o barulho que o sexo fazia nas nossas bocas.

— Amanhã faço o turno da noite — disse a Clarisse.

— Ok.
— Vou eu levar e buscar a miúda.
— Ok.
— Ela anda estranha, não sentes?
Encolhi os ombros.
Porque viver não tem nada a ver com isso que as pessoas fazem todos os dias, viver é precisamente o oposto, é aquilo que não fazemos todos os dias.

Enquanto Saint-Exupéry desaparecia na noite de trinta e um de Julho de mil novecentos e quarenta e quatro, nascia o senhor Ulme, numa aldeia alentejana. Quatro dias depois o seu nome foi registado na Conservatória, no mesmo dia em que a Gestapo entrou no sótão onde se escondia Anne Frank. Não há qualquer relação aparente entre estes acontecimentos, mas ao mesmo tempo tudo leva a crer que uns não seriam possíveis sem os outros. Não nos cabe interpretar ou encontrar um significado. A única coisa que interessa saber é que vivemos numa tapeçaria e que, por mais longe que estejamos uns dos outros, somos a mesma história, fazemos parte do mesmo tapete, a morte de uns é o nascimento de outros, a face da nossa vitória é a derrocada de alguém. O senhor Ulme, ao mesmo tempo que nascia, caía de avião no Mediterrâneo juntamente com Saint-Exupéry, porque a nossa história nunca é só a nossa história, é uma vastidão tão grande que custa a mapear. Faremos os possíveis. Resistiremos à pequenez a que nos prendem, ao nome que somos, ao corpo ridículo que temos, resistiremos à Conservatória, ao estado larvar a que fomos condenados, porque somos muito mais compridos do que isso, muito mais antigos, muito mais vastos. Temos asas coloridas de borboletas dentro dos casulos pútridos e cinzentos a que chamamos realidade objetiva ou identidade ou individualidade. Resistiremos. Não nos renderemos. Pousei a cédula do senhor Ulme na prateleira e disse:

— Já sabemos em que ano nasceu.

— Eu sei em que ano nasci, cavalheiro. Não precisava de consultar a minha cédula.

— Muito bem. E agora?

— Agora, o quê?

— Próximo passo.

— O cavalheiro sabe dançar?

— Não.

— Se soubesse, estaria perfeitamente ciente de qual seria o próximo passo. É a essência da dança, saber onde pousar o pé.

— Sabe-se mesmo?

— Sabe-se, assim como se sabe que os cabelos crescem e o coração bate. Não se sabe como quem faz a conta da mercearia.

— Eu não consigo dançar, acho que não nasci com os genes necessários.

— Genes?

— Sim.

— Que se lixem os genes. Nem sequer se vêem a olho nu. São uma desculpa ridícula, uma desculpa que nem se vê a olho nu.

— A verdade é que não sei por onde começar.

— Solte as ancas, cavalheiro, que o próximo passo virá naturalmente.
— Acha que posso vasculhar as suas gavetas?
— Esteja à vontade. Solte as ancas.

Não encontrei grande coisa nas gavetas da secretária da sala, exceto algumas fotografias. Numa delas, o senhor Ulme está a jogar à bola. Ao fundo, junto a uma das balizas está um rapaz numa cadeira de rodas, provavelmente o tal Almeida. Outra fotografia exibe três meninas de idades diferentes. Uma tem uma coroa de flores no cabelo. São muito bonitas. No verso da fotografia, a lápis, a data de 17 de Maio de 1957 e três nomes: Margarida, Dália e Violeta. Encontrei também postais. Alguns enviados pelo tal Mostovol. O tom é sempre melancólico. Escreve sobretudo para dar conta da família Flores. A correspondência entre o Mostovol e o senhor Ulme ocorreu maioritariamente na década de mil novecentos e oitenta.
— Lembra-se de um homem, palhaço de profissão, chamado Mostovol? — perguntei.
— Não faço ideia de quem seja.
Mostrei-lhe algumas das fotografias.
— Não me dizem nada. Estou farto de olhar para elas, mas são-me perfeitamente estranhas. Não me despertam absolutamente nada. Nada. Zero.
— Faça um esforço.
— Um esforço? Acha que perdi a memória por preguiça?
— Não queria dizer isso.
— Continue a vasculhar as minhas gavetas, cavalheiro, solte as ancas.
Gosto muito da mãe, mas temos problemas de feitio. Quando me liga, acabamos sempre a discutir. Às vezes

desliga-me o telefone na cara. Outras vezes insulta a Clarisse. Outras vezes eu simplesmente não atendo. E são essas as nossas melhores conversas.

A nossa relação é como uma criança a tentar encaixar duas peças de um *puzzle* que jamais encaixarão. O pai também tinha problemas com ela. Discutiam, a mãe gritava muito. O pai sorria, porque não era de gritar. Quando eu era pequeno ele dava-me uma nota e incumbia-me da missão de chegar perto de um rapaz jovem, que ele apontava (aquele tem bom ar, atlético), e dar-lhe a nota em troca de ele passar pela mãe e mandar-lhe um piropo. Isso aumentava-lhe a autoestima, deixava-a feliz, e o pai gostava de deixar toda a gente feliz.

Um dia, tinha eu acabado de fazer dezasseis anos, fui malcriado para a mãe e ele disse-me:

— Tu achas que és uma pessoa, tens memórias, isso tudo. Mas, olha, os teus anos mais importantes, não te lembras deles. Lembras-te de quando tinhas três anos? Não, pois não? De quando tinhas quatro? Também não. Dois? Um? Cinco? Uma imagem ou outra, talvez, mas demasiado fugaz, não são verdadeiras memórias. Não passam de episódios desconexos, um ou outro cheiro, algumas cores, a sensação de que havia um aquário na cozinha, mas não tens a certeza. Foi nessa altura da vida que construíste a personagem que és hoje. Sabes quem se lembra desses anos e os guarda no peito como um coração mais importante do que o próprio coração? É a tua mãe. Eu estava demasiado ocupado com outras coisas, com o trabalho, com a televisão, com as notícias e com o futebol. Era a tua mãe que gravava dentro da alma tudo o que testemunhava, e ela vai continuar a guardar essas memórias até morrer. As mães são as fiéis depositárias da nossa infância, dos primeiros anos. As tuas memórias mais importantes, mais formadoras, não são tuas, são dela. E quando a tua mãe morrer, levará consigo a tua infância, perderás os primeiros anos da tua vida. Por isso, trata-a bem.

— Havia um aquário na cozinha?

Pousou-me a mão no ombro e piscou-me o olho. O pai era assim, sempre muito paciente.

A minha barriga tem crescido. É uma coisa que mete nojo e que sinto baloiçar. Sempre fui magro, quase esquelético, na escola chamavam-me lingrinhas, fio de azeite, meia dose, palito, e agora, de repente, isto. Esta coisa à volta da cintura. É como se não me pertencesse, um bocado de corpo que se agarrou ao meu verdadeiro corpo. Lutamos todos os dias, em frente ao espelho, eu e a boia. Aperto a carne e sinto que estou a perder a batalha. Aquilo está a crescer, a ganhar proporções de frigorífico, de máquina pesada. Olho para esse excesso, esse abcesso, e não consigo compreender como é que ele insiste em existir, já que não traz vantagens biológicas a nenhum dos dois, nem a mim nem a ele. Uma dieta seria ideal, mas odeio dietas. A ideia de comer vegetais transtorna-me. Deveria ter tido melhores pais, com um código genético mais favorável à estética, ter nascido um daqueles "como--mas-não-engordo".

Perguntei à Beatriz se gostaria de ir comigo a casa do

senhor Ulme. Ela disse que sim com a cabeça, não fala comigo, mas gosta muito do velho.
— Não vais levar isso, pois não?
— ...
— Não vais sair com o estojo dos lápis de cor e o ursinho de pelúcia.
— ...
— Pousa isso no teu quarto, senão saio sozinho.
— ...
Um amigo disse-me que deveria abdicar dos hidratos de carbono. As armas que me dão para combater este bocado de gordura são um verdadeiro suplício e revelam ingenuidade ou inépcia. Dão-me ervilhas e brócolos para lutar contra um inimigo deste tamanho, com este poder imenso. Que fazer? Resisto. Não me renderei. Tento instruir o bocado de gordura, não lhe leio poesia nem filosofia, mas tento que o corpo compreenda a estupidez que anda a fazer com os nutrientes que ingiro. É uma espécie de oração, um discurso educacional, motivacional, que tenho com o meu corpo. Digo-lhe palavras inaugurais, cheias de beleza.
— Então? Queres mesmo levar isso?
— ...
Abri a porta do frigorífico e tirei uma fatia de queijo. Começo a dieta amanhã, ou talvez vá correr à beira-rio, compro uns ténis, umas calças de algodão, ponho os óculos escuros e arranjo uma lista de músicas jeitosa para ouvir enquanto esmago a gordura. E, quando chegar a casa, encho-me de brócolos. Sim, amanhã penso nisso. Pus o tabaco no bolso da camisa, disse à Beatriz, vamos (continuava agarrada aos lápis e ao urso de pelúcia), e fui bater à porta do senhor Ulme.

Ele estava de cuecas e camisola branca de alças, uma chave pendurada ao pescoço, suspensa num fio prateado. Fez uma festa no cabelo da Beatriz, virou-nos as costas e subiu para cima de um banco que tinha colocado a meio da sala para mudar a lâmpada do teto. Das cuecas, às riscas verdes, saíam duas pernas muito brancas, desprovidas de qualquer pelo, mas cheias de veias azuis e vermelhas, a imitarem um mapa de estradas.

— Espere — disse o senhor Ulme —, tenho de pôr música, que é muito difícil viver sem isso.

Desceu do banco, afastando a minha mão quando quis ajudá-lo, e olhou para as suas estantes, até ao teto, cheias de discos. Na parede oposta, livros de botânica e filosofia, pelo chão pilhas de jornais e recortes, notícias de bombardeamentos, assassinatos, raptos, guerras, violações, crimes de toda a espécie. Uma das estantes tinha livros de misticismo judaico sobre a criação de um homem artificial, um *golem*.

Perguntei-lhe se tinha ascendência judia, disse-me que não.

— Querem ouvir o quê? — perguntou ele.

A Beatriz respondeu *blues*.

Cerrei o sobrolho como quem faz uma pergunta.

— Tenho-lhe ensinado umas coisas e ela tem uma clara preferência pela música tradicional americana. Pode ser Blind Blake, Beatriz?

— Pode — disse ela.

— Quando é que lhe tem ensinado essas coisas?

— Quando o cavalheiro não está, vou a sua casa, a sua bela esposa serve-me um chá e eu pago a gentileza com uma boa dose de informação, que é coisa que as crianças não aprendem na fábrica.

— Qual fábrica?

— A escola — disse a Beatriz, a olhar para o senhor Ulme com um sorriso.

As nossas cabeças são realmente estranhas, conseguem esquecer tudo, roubar-nos a infância, mas preservam números de telefone. Apagam um primeiro beijo, mas não esquecem uma canção. O Senhor Ulme nunca foi criança, ou pelo menos não se lembra de o ter sido, mas vai até ao lugar certo da estante, tira um disco e diz:

— Blind Blake, que foi a primeira pessoa do mundo a confessar não saber o que *Diddie Wa Diddie* significa. Até fez uma música sobre isso, em que, de forma tão pertinente, manifesta um desejo comum a tanta gente: *I wish somebody would tell me what Diddie Wa Diddie means.*

Pôs o disco no prato, fez descer a agulha, piscou o olho à Beatriz, aumentou ligeiramente o som.

— É bom, não é?

Voltou a subir ao banco.

— Deixe que eu faço isso.

— Aqui, quem enrosca lâmpadas sou eu.

— Muito bem, mas...

— Um dia, Beatriz, saberás responder a esta fatídica questão, o que é que quer dizer *Diddie Wa Diddie*, e depois vais à minha sepultura, que eu nessa altura já estarei completamente morto, e sussurrarás à terra a resposta. E eu, nessa manhã, ao ouvir a tua voz, deitarei uma lágrima de orvalho.

A Beatriz bateu palmas, e aquele gesto emocionado fez-me sentir ciúmes. Comigo quase não fala, sim, não, talvez, a comer as palavras com medo que lhe caiam da boca e se partam no chão.

— Essa chave que tem ao pescoço...?

— Não faço ideia.

— Mas esse é o tipo de coisa que o senhor não esqueceu. Talvez essa chave tenha alguma coisa a ver com os seus afetos. Não faz a mais pequena ideia? Já experimentou nas portas de casa?

— Evidentemente que sim, cavalheiro.

Deitado na cama, observava a Clarisse.
A camisa de noite preta.
A boca entreaberta.
Os sinais no peito.
Clarisse: lembras-te daquela noite, há tantos anos, em que adormeci com a cabeça apoiada no balcão do bar e em que me levaste a casa e fizeste sexo comigo sem que eu tivesse tido consciência disso? Foi assim que eu e tu começámos a namorar. Através da inconsciência.
Quanto tempo leva a atravessar um coração de um lado ao outro? Muito, adormecemos com a cabeça apoiada no balcão do bar, ou com a cabeça inclinada para trás e a boca aberta e a novela a dar na televisão, percorremos as mesmas ruas sem notar como elas mudam, sentamo-nos nos jardins a jogar dominó, é uma dormência permanente, esquecemo-nos do caminho porque ele é tão mal iluminado. Mas é esse, que não tem iluminação pública, que entra floresta adentro, é esse que atravessa o coração.

Lembro-me do tempo em que os meus dedos eram flores antigas, que despontavam apenas quando tocavam a tua pele. Mas e agora, Clarisse, para onde foram esses meses de Primavera que faziam a nossa vida florir? Levanto o coração, como se faz a um tapete, para ver se não há nada debaixo dele.

A Clarisse mexeu-se, como se tivesse ouvido os meus pensamentos, encostou as mãos à minha cabeça e eu senti-lhe o coração bater na ponta dos dedos. Como isso me faz confusão, não conseguia dormir, mas não queria afastá-la, por já estarmos tão distantes.

Houve um tempo em que cosi as minhas artérias ao teu corpo e todo o sangue que bombeava era na tua direção. Lembro-me de caminharmos de mãos dadas pelas ruas de Rabat, num dia de Agosto, o calor a esmagar os dias com o pé, como quem faz vinho. As nossas sombras alongavam-se pelo *souq*, e parámos para comer *kefta*, o nosso hálito cheio de cominhos e cebola e sementes de coentros, e eu passei as mãos pelo teu cabelo e tu suspiraste, atirando-me um sorriso feito com os olhos fechados.

Encontrei facilmente o contacto da Margarida Flores, a grande paixão do senhor Ulme, e marquei um encontro com ela.

— Onde? — perguntei-lhe ao telefone.

— Na Discoteca Amália — respondeu-me.

Não lhe disse que queria saber da sua história com o senhor Ulme, queria apenas sondar terreno, perceber o contexto. Disse-lhe que era jornalista e queria fazer-lhe algumas perguntas.

É uma mulher intensa, ouvi-la falar é como ver uma peça de teatro.

Usava um xaile preto, tinha sobrancelhas negras a enfeitarem-lhe os olhos, também negros.

Pegou num disco do Alfredo Marceneiro e falou com ele. Não foi preciso perguntar-lhe nada.

— Cantei a minha vida toda, nunca fiz outra coisa. Nasci no tempo em que a vida era uma ditadura, em que falar era uma maneira de sermos calados. Vi aparecerem os primeiros discos, lembro-me de as primeiras gravações de fado não serem nada bem-vistas. Querido Alfredo Marceneiro, lembro-me bem do que disseste da Maria Alice e do Menano, depois de eles terem gravado, acusaste-os de terem estragado, e cito, a nossa linda canção, que eu quando canto é como se rezasse. Era o que tu dizias, Alfredo, gravar era uma maneira de eternizar a efemeridade, uma maneira de parar os relógios, de congelar a alma, como se faz com a comida. Ficávamos todos a repetir-nos pela eternidade. A gravação retirava à música a sua individualidade, eu percebia muito bem o que te incomodava, Alfredo. Antes de se começar a gravar música, todas as canções eram diferentes, mesmo quando eram as mesmas. As canções eram como pessoas, eram únicas, tinham uma vida, curta, é certo, mas irrepetível. E depois, já reparaste, Alfredo, como os discos são estranhos? Um pedaço de vinil com uns sulcos que reproduzem orquestras inteiras quando uma agulha passa por eles. Não é como os computadores, que têm zeros e uns, são uns riscos, como as rugas na minha cara. Se passassem uma agulha por elas, o que é que as minhas rugas cantariam? Mas, pensa bem, Alfredo, são uns sulcos escavados cuja profundidade faz o som de uma trompete ou a voz da Amália. Fica tudo reduzido a uns veios ridículos. E uma agulha, tão mecânica, ao passar por eles, cose uma música como se ali estivessem os músicos a tocá-la. Os sulcos são fossos de orquestra. Olha, Alfredo, eu gravei logo que pude, eu não cantava como se rezasse, eu cantava como se falasse, porque não me deixavam dizer o que queria. Era como aqueles *bluesmen* que quando diziam *rocking chair* queriam dizer morte, era assim, era mesmo assim, de uma ponta à outra, quando dizia que o meu homem não me deixava falar, era a censura que eu acusava, quando cantava que os pardais caíam do céu, era da censura que eu falava, quando cantava como o mar desfazia as rochas em areia e sal, era das nossas almas que eu falava. Era assim, em código, para escapar aos sulcos criados pelos lápis azuis. Dizia que o teu olhar me fazia fome, que as palavras da tua boca me deixavam em pé, sem dormir, e era da tortura que eu falava, não era uma canção de amor. Nunca fui uma romântica, a minha vida era derrotar aquele criador de galinhas.

— Pois — disse eu —, mas queria fazer-lhe umas perguntas sobre uma pessoa...

Ignorou-me.

— Cantar era como atravessar uma rua de olhos fechados.

Margarida fechou os olhos e caminhou pela loja com os braços estendidos, um ligeiro sorriso no rosto.

— As palavras proferidas — continuou ela, depois de abrir os olhos de repente — eram feitas de perigo, eram abismos, e podíamos cair dentro delas. Eu sabia que era um jogo arriscado.

Levantou o braço esquerdo, espetando três dedos na minha direção.

— Fui presa três vezes por causa das palavras. Podia esconder coisas incríveis em palavras tão banais que até me dava dores de estômago. Dizer sapatos ou pão ou sol poderia conter tantos significados. Ou simplesmente sardinha. Um peixe tem muitos nutrientes, não sei nomeá-los todos, mas com as palavras acontece o mesmo. Têm óleos, vitaminas, proteínas, são a sua maneira de ser muito mais do que aquilo que são. Têm espinhas, quem é que nunca encontrou palavras com espinhas? Nadam, todas elas. Podemos olhar para uma frase e percebemos que aquilo é um mar, uma maneira de ser feroz, de navegar, de viajar, de ter peixes, de ter lágrimas. Eu acreditava que as frases eram armas capazes de mudar, de lutar, de resistir. Armas capazes de disparar um futuro.

Fiz que sim com a cabeça.

— Já vi de tudo. Garanto que já vi de tudo. Não me quero gabar, mas sempre vivi num lugar abaixo da superfície, onde é difícil respirar. Por baixo da espuma. Era o osso das palavras que me fazia cantar. A coisa saía-me naturalmente, sem grande esforço, tal como nós temos esqueleto e não fazemos esforço para o ter. Temos parte de dentro, apesar de ninguém nos ver assim, e com o que dizemos é a mesma coisa. Vemos a pele daquilo que se diz, mas, por baixo, bate um coração, há um fémur, os rins, o baço, os labirintos das veias, o sangue, as sementes das unhas, os nós dos intestinos, as nozes do cérebro. Era isso que eu cantava, mesmo que me prendessem, que me torturassem, que me desfizessem numa cela, que me matassem.

— Claro, compreendo, mas eu queria fazer-lhe as tais perguntas sobre a tal pessoa...

— Encontro-me muitas vezes com o significado íntimo das coisas que vejo, em que uma pedra é uma catedral tão grande que me deixa assustada, mas, por fora, parece apenas uma pedra. Foi sempre assim que cantei, com pedras destas. E atirava-as contra a ditadura. Não eram só pedras, eram pedras com intestinos, com ideias, eram pedras cheias de metáforas. Era isso que eu fazia ao cantar, atirava pedras contra o regime.

— Isso. É uma excelente maneira de atirar pedras, é uma boa violência.

— Depois...

— Depois?

— Depois veio a esperança, a liberdade, os chaimites, nem sei que adjetivos devo usar. Ninguém imagina a felicidade de nos vermos assim, tão grandes, porque nós temos um tamanho, uma proporção, mas por vezes ficamos gigantes, vastos como as searas do Sul. A esperança faz-nos crescer, as pernas alongam-se, os cabelos confundem-se com o vento, as unhas das mãos arranham as estrelas mais distantes, já não acabamos na nossa pele.

Margarida tinha os braços abertos contra o céu, pois creio que ninguém abre assim os braços dentro de um espaço fechado. Aquela posição, aquela atitude é que faz o ar livre.

— Quando se deu a revolução, eu passei a cantar livremente o que me ia na alma, mas perdi uma coisa interessante, perdi toda a subtileza. Estava feliz, mas sem essa capacidade poética de fazer com que uma coisa seja outra, de fazer com que o céu exista dentro do peito congestionado, que a dor possa viver numa chávena partida. Mas foi o momento mais feliz da minha vida. Podia passar a cantar a verdade como ela é, a liberdade estava à minha frente. Depois vieram,

Engasgou-se.

"depois vieram,

Engasgou-se outra vez.

"depois vieram os tempos, uma característica perniciosa que sai de dentro da esperança, como os pintos saem dos ovos, os tempos dão cabo de tudo, e aos poucos vão fazendo com que tudo retorne ao que era. Ferrugem. De um modo diferente, é certo, não sou parva nenhuma, mas foi um retorno. Já não me calavam, deixavam-me cantar, mas havia tanto barulho à minha volta que já ninguém me ouvia. Era o mercado livre, ou alguma coisa assim, que fazia um ruído que não me deixava cantar. Apareceram músicos em todo o lado, dos maus, dos bons, dos normais, dos acabados, dos renascidos. Gravava-se tudo, grava-se tudo, desde que dê dinheiro. Alfredo, tu cantavas como se rezasses e eu cantava para falar, mas depois começou-se a cantar para ganhar dinheiro, só para isso. Ganharam as moedas e as notas, e eu perdi. Mas não haveria de ficar por aqui. Os que rezavam desapareceram, os que diziam coisas desapareceram, os que vendiam vingavam. Não me posso queixar, se calhar sou uma cantora medíocre. Aliás, nunca cantei como se rezasse, e se calhar isso é a condição para se ser ouvido, mas creio que não. Para ti, Alfredo, o fado era para subir até Deus. E eu, que não acredito senão no Homem? Ao encherem o mundo de artistas que cantam como um banqueiro faz dinheiro, criaram um deserto, é tanto barulho que ninguém se ouve. Há um silêncio profundo no meio do ruído. Andava pelas ruas do meu bairro, perguntava ao vizinho de cima: como está a sua filha? Bem, obrigado, está a tirar Direito, e a senhora, ainda canta? Canto, dizia eu antes de entrar numa pastelaria para comer um jesuíta e ouvir os comentários dos resultados do Sporting, do Benfica, do Porto, um passe do Oliveira ou um golo do Manuel Fernandes ou uma defesa do Bento, e depois saía, andava mais um pouco pelo bairro. Como vai?, vou bem, respondia, já foi ouvir o Não-Sei-Quantos ao Coliseu?, não, ainda não, respondia eu, e acrescentavam algo como a senhora é que lá deveria estar, e eu suspirava, era lá que devia estar, a varrer os corredores com uma lanterna ou a limpar as casas de banho enquanto assobiava as minhas cantigas de outros tempos. Era lá que eu devia estar.

"Entrava no meu *Renault* 5 cor de laranja ou castanho ou lá o que era e passava uns tempos junto ao mar, para ver se me voltava a voz, se me ensopava de verdade, se aquilo vinha com as ondas, mas aquela imensidão de água enchia-me de deserto, nunca suportei o litoral, nem sei porque é que não fui viver para o interior para trabalhar num banco ou fazer fatos de fazenda ou ser criada de hotel como a minha querida mãe. Gostava de flores, a minha mãe. Não imagina as rosas que lhe nasciam das mãos, era uma Santa Isabel, transformava a sua pobreza em flores e ainda levava pão para casa. Que saudades que eu tenho dela, de como acendia a lareira e gritava connosco, éramos três irmãs, todas muito diferentes umas das outras. Mas não importa. O que interessa agora é: as verdades não se ouvem, já ninguém quer saber disso, quanto mais, Alfredo, de quem canta como se rezasse. Quando se vive privado de tudo, a verdade importa, mas, quando a temos em todo o lado, parece uma ficção. É preciso respirar, espera, deixa-me respirar, o ar ajuda a relaxar e há tanto por todo o lado, basta abrir as aletas do nariz. O ar também nos apodrece, não é? Já viste o que acontece a uma maçã descascada deixada ao ar? Connosco é a mesma coisa, oxidamos. Deixam-me cantar, mas não me ouvem e eu oxido.

"Então, Alfredo, veio a altura de diminuir, de empobrecer, de desaparecer. Levaram-nos os empregos, a família, os órgãos, as vísceras, o estômago, especialmente o estômago, os sapatos, as mãos, a cultura, os braços. As unhas que arranhavam as estrelas. Porque era aí que nós conseguíamos tocar quando levantávamos os braços de felicidade. Lembras-te, Alfredo, da história de Job, o que vivia na terra de Uz? Vou contar-ta, para que te recordes dela. Pois bem, Job era um homem bom, virtuoso, não fazia nada de mal, com a exceção de ser rico, ter sete mil ovelhas e três mil camelos, ninguém é perfeito. Eu lembro-me muito bem desta história, porque a minha voz ainda chega a todas as antiguidades. O Diabo decidiu, com a ajuda de Deus, pôr

Job à prova, uma provação atrás da outra, um teste atrás do outro. Quando aqueles dois se juntam, daí só podem vir desgraças, é como ter um presidente como o que temos e um primeiro-ministro como o que temos, ou um governo destes e uma *troika* daquelas. Deus deixou que o Diabo tirasse tudo a Job, que lhe desse cabo da família, que um vento lhe levasse a prole, sete filhos e três filhas, que lhe roubasse a saúde, lhe apodrecesse o pâncreas, lhe inundasse o coração, secasse os pulmões, aprisionasse os rins, interditasse os intestinos. Chagas dos pés à cabeça. Faz lembrar alguma coisa, não é? Algum quotidiano, alguém à nossa volta? Mas vê, Alfredo, há um final feliz. Deus abençoou Job, devolvendo-lhe o que perdera. Novas oportunidades, como se diz agora. Apareceram empregos, Job voltou a ter trabalho, Job tornou-se proprietário de catorze mil ovelhas, seis mil camelos, mil juntas de bois, mil burras, voltou a casar, voltou a ter filhos, sete rapazes, três raparigas, viveu até aos cento e quarenta anos, morreu feliz. Pode ser que isso nos venha a acontecer, pode ser que criemos novas famílias, pode ser que tenhamos novos filhos, pode ser que vivamos para sempre. Mas esta é a história mais ridícula do mundo. Se nos destroem a saúde, se nos arrasam as famílias, se crescemos sem cultura, se nos levam os filhos, poderemos algum dia arranjar maneira de substituir tudo o que perdemos? Um novo coração, uma nova família? Quando formos livres outra vez, porque já não sabemos o que isso é, poderemos fazer filhos para substituir os que nos levaram, os que emigraram, os que morreram? Sim. Faremos filhos novos, filhos substitutos. São as novas oportunidades."

Fez uma pausa antes de continuar:

— A ironia é infinita: vamos fazer filhos novos para

substituir os anteriores. Vencemos a crise, dizem-nos. São as novas oportunidades.

— Queria fazer-lhe as tais perguntas sobre o senhor Ulme.

Mas ela saiu, voltando-se apenas para repetir:

— São as novas oportunidades.

— Estou repleto, Kevin, repleto, é assim que me sinto sempre que acabo de cantar.

— Explique-me melhor, Herr Klaus.

— A voz é um destino, um lugar onde pousar a cabeça, é o nosso verdadeiro corpo. Quando cantamos, desaparecemos, passamos a ser a ária, o nosso esqueleto é o ritmo, o pâncreas é um ré diminuto, os braços são melodia, os pulmões harmonia, a bexiga compassos, passamos a ser voz, encontramos a nossa verdadeira natureza, o canto. É isso que somos na coisa mais essencial, Kevin, uma canção. Acha que é difícil encontrar o bloco construtor da matéria? Descobrir um *quark* não é nada comparado com a dificuldade imensa de descobrir a partícula essencial de uma canção.

— Compreendo, Herr Klaus.

— Ninguém consegue ver o cantor quando a canção é honesta. Desaparece atrás da beleza, da eternidade da voz, assim como as letras não existem quando lemos, desaparecem atrás do seu significado, atrás daquilo que

Autoclismo.
"imaginamos ao ler.
Torneira.
"Imagine, Kevin, como uma voz nos eleva e nos aniquila ao mesmo tempo, nascemos e morremos no mesmo instante,
Sabonete.
"no mesmo instante, é fantástico, absurdo e racionalmente impossível…"
Torneira fechada, toalha.
"sucede tudo concomitantemente, num segundo e para sempre, a matéria torna-se imponderável, tem o peso de uma ideia, de uma canção, quanto pesa uma canção, Kevin? Tem…"
— O que é que estás a fazer aí, Beatriz? A porta estava fechada, não estava?
— …
— Bom, não importa. Precisas de ir…
— …
— Muito bem, estou a sair.
A Clarisse estava a beber de manhã. Eram oito horas e ela já estava a beber. Fui fazer o pequeno-almoço. Peguei em dois ovos, pus azeite na frigideira, estrelei-os. Deixei queimar um pouco as claras, que é assim que gosto deles. Abri a porta do frigorífico para tirar um sumo. Ao olhar para as prateleiras da porta, percebi que havia ali muito espaço. Olhei para a Clarisse. Faltava uma garrafa de *grappa* no frigorífico, bem como uma garrafa de *Alvarinho* e sabe-se lá que mais. A Clarisse não estava a beber de manhã. Ainda estava a beber de manhã.

E o chapéu continuava em cima da cama.

De tarde, senti cheiro a fumo. Fui à janela e percebi que a biblioteca estava a arder, o fogo cuspia chamas pelas janelas. Os bombeiros ainda não tinham chegado, mas havia muita gente na rua. As sereias já se ouviam ao longe e não tardou a chegar um carro. Acendi um cigarro enquanto bebia um café. Reparei que o senhor Ulme se encontrava entre a multidão, a cabeça inclinada, a passar repetidamente as mãos pela cabeça. Afastou-se um pouco e, sem que ninguém notasse, entrou pela porta lateral do edifício em chamas. Fiquei perplexo e cheguei a gritar, mas ninguém me deu atenção. Os bombeiros chegaram enquanto eu corri para a rua. Da porta lateral da biblioteca surgiu o senhor Ulme com um livro na mão. Os bombeiros já regavam o edifício. O senhor Ulme dirigiu-se para o nosso prédio, interpelei-o, criticando a insensatez da sua atitude. Encolheu os ombros e disse:

— É o meu livro favorito.

Esquecemo-nos de tudo, somos todos como o meu vizinho do lado, a anamnese platónica é uma espécie de dever. Tinha doze anos quando o avô morreu. Estive com ele uma hora antes. O avô estava inconsciente, em coma, mas enviava-me a sua voz profunda, que se plantava na minha cabeça e me dizia que eu frutificaria felicidade. Era isso que me anunciava a voz dele. Vai, serás feliz, meu filho. Eu escutava com lágrimas nos olhos, que tentava disfarçar porque não me parecia bem chorar à frente de outras pessoas.

Passei-lhe a mão pela testa e pelos cabelos, como ele costumava fazer-me quando se cruzava comigo no corredor da nossa casa. Beijei-lhe a testa prometendo que não o deixaria morrer e que andaria com ele pelas ruas, sempre de mãos dadas, e que jamais seria feliz sem ele, a felicidade era um projeto conjunto. Agora, ando com ele e contigo, pai. É um projeto do caraças. E, claro, muitos dos meus pensamentos mais íntimos, bem como alguns dos mais singelos, são partilhados convosco. Digo, avô, tenho de ir comprar um lápis de grafite; pai, gostava de ter um jardineiro, um velho jardineiro, corcunda e sábio, que fizesse florir os meus canteiros, pois como sabes, pai, as minhas flores morrem muito, não tenho jeito para as fazer medrar; reconheço, avô, que errei ao insultar o Joaquim; prefiro, pai, os cabelos soltos nas mulheres, que é como o cheiro da canela na nossa despensa; ajuda-me, pai, a perceber os caminhos que devo percorrer para chegar ao lugar onde estou. Onde sempre estivemos.

 E o avô ainda me disse, imediatamente antes de morrer, falando sem voz, apenas dentro da minha cabeça: Não era isto que eu queria, escuta, filho, não era isto que eu queria. Tenho de te dizer três palavras que sei que irás esquecer. Herdei-as do teu bisavô, que as recebeu do pai dele. Todos nós nos esquecemos destas palavras, mas faz um esforço, mantém-nas presentes na tua cabeça, no coração, no estômago, onde quiseres. Engole-as, mastiga-as, guarda-as num cofre, mas lembra-te delas. Inclinei-me e ele disse-me as três palavras que eu não deveria esquecer e depois foi-se embora como quem sai de um restaurante sem pagar a conta.

 Eu fechei-lhe os olhos, da maneira que uma pessoa fecha uma porta e sai.

 As máquinas apitavam, entraram as enfermeiras e a mãe agarrou-se a mim a dizer acabou, já acabou, acabou tudo.

 Nesse ano, dei o meu primeiro beijo, era a vida a provar-me que não tinha acabado tudo, que a vida é um constante recomeço, que nos pisa e nos massacra apenas para ter adubo para se recriar, num círculo nietzschiano, exibindo uma falta de consideração, tato e educação, como se não tivesse sentimentos. A vida dá cabo de nós para logo de seguida ir ao café beber uma milnovivinte e brindar ao início de uma nova tragédia, que acabou de nascer.

Parabéns, dizem-lhe, e dão-lhe palmadas nas costas e ela ri-se, a puta da vida.

Portanto, nesse mesmo ano em que o avô morreu, tinha eu doze anos acabados de fazer, tive uma grande paixão. Era Verão, lembras-te, Xana? Eu passava uns dias em casa da minha avó materna e tu também, eu lia Dostoievski ou Gogol, talvez os dois, e tu andavas em Medicina. Tem tudo a ver. Tinhas dezanove anos, mais sete do que eu, ias casar, eras minha prima em quinto grau, ou noutro grau qualquer, suficientemente afastado para que não fizesse comichão à nossa frágil moral. Apanhei-te uma pestana caída do olho e apertei-a entre o polegar e o indicador, escolhe um desejo, disse eu, e tu pediste que eu fosse mais velho, mas esse era um desejo impossível, nem Deus faz milagres desses, pode ter feito paralíticos caminhar, cegos ver, mortos voltar à vida, mas fazer um adolescente envelhecer sete anos num segundo nunca se viu. De resto, ganhei eu, que escolhi o polegar e foi lá que a pestana ficou colada. Ganhei o desejo e escolhi algo mais simples, ainda que mais misterioso: escolhi beijar-te e foi isso que fizemos.

Os nossos dentes chocaram dentro das nossas bocas. Eu ainda não sabia como o fazer. Era uma criança, as nossas atividades quotidianas tinham maturidades tão diferentes, tu ajudavas a avó na cozinha enquanto eu tentava subir as escadas de quatro em quatro degraus.

Foi no ano em que o avô morreu.

O trabalho de recuperar a memória deveria ser a nossa profissão, mas, tal como na sociedade, no mundo à nossa volta, há este desemprego horrível a que fomos condenados. É que a anamnese dá-nos um sentido, uma solidez, um corpo, tira-nos da tumba, é um levanta-te-Lázaro. Não é preciso ser minucioso, não precisamos de nos entregar à verdade factual, partilhada, mas àquela que sentimos. Podemos (devemos) saber inventar passados melhores do que aqueles que o destino nos oferece.

Era isso que eu fazia com o senhor Ulme, estava a colhê-lo da terra, tirava-o da morte, levanta-te, Lázaro.

Voltei a telefonar à Margarida Flores para tentar saber um pouco mais sobre a vida do senhor Ulme, mas ela recusou.

— Não tenho nada a ver com esse senhor — disse.

— Diga-me só uma coisa, sabe de onde é a chave que ele traz pendurada ao pescoço?

Desligou o telefone.

Não sei o que terá acontecido entre eles, mas deve ter sido alguma coisa grave.

Passei a tarde com a Samadhi, falou muito do campo akáshico, que, não tenho a certeza, é algo em que tudo o que aconteceu e acontecerá fica gravado. Não sei se esse campo existe, mas se eu fosse o Deus do Universo — felizmente não sou, eu nem um modelo de declaração de rendimentos sei preencher corretamente — destruía o tal campo com um *bulldozer*, daqueles cor de laranja ou verdes que vemos a demolirem antigos prédios da Baixa. Eu não suportaria que houvesse um gravador desses, fico louco só de pensar que os disparates que digo ou a minha cara a cagar pudessem estar acessíveis pela eternidade fora.

— Tu és *atman*, eu sou *atman* — dizia ela. Apontava-me para o coração. E eu só queria era despi-la e penetrar o *chakra mudhalara* ou *muladhara*, ou lá como se chama esse centro energético, até atingir o Nirvana ou Samadhi ou lá como se chama esse estado extático. Eu chamo-lhe orgasmo, mas sou uma pessoa espiritualmente desértica. Digo

isto, mas não sei. Quando agora me lembro do que o pai me dizia, acho que era uma espécie de hinduísmo.
— Se calhar tens razão, Samadhi.
— Ter razão não importa, temos é de ter coração.
Apontou outra vez para o meu coração. E eu só tinha vontade de a despir.

Disse à Samadhi uma frase da Malgorzata Zajac:
— Se for ao Butão, e se o guarda da alfândega deixar, trago-te um Nirvana ou dois.
Acho que foi assim que a seduzi definitivamente.
Ela sorriu-me e disse que eu era muito querido.

Ooooooommmmm, ooooooommmmm, ooooooommmmm, repetia a Samadhi. Os olhos fechados, os *piercings* no nariz e na sobrancelha esquerda, as pernas cruzadas num lótus qualquer. Ela é muito bonita e cheira sempre a incenso oriental que compra na loja de produtos naturais. Vê-la assim, nua, depois de termos feito sexo, deixa-me enlevado. É curioso que ela medite depois do sexo. Eu prefiro um cigarro.
Há dias a Samadhi quis que eu aprendesse umas posições de *yoga*, mas eu sou muito desarticulado. Vá lá, experimenta, insistiu, mas eu fui irredutível, não sei se a minha tentativa de fazer uma saudação ao Sol não ficará gravada no campo akáshico para que os deuses hindus se possam rir pela eternidade fora. Disse-lhe que preferia fumar um cigarro, que é uma ótima meditação para mim, não imaginas, Samadhi, como é diferente pensar quando se fuma ou quando não se fuma, disse-me uma vez o Dinis Machado.
Ela disse que a ideia não era pensar. Mas, Samadhi, se não é pensar, é o quê? Dormir? Quando estou a dormir não

penso, e ela disse para eu não ser parvo, que é um estado mental.

— Mas sem pensamentos?
— Deixamos que eles fluam.
— É precisamente isso que eu faço a fumar.

A Samadhi acredita que os animais têm alma, não come carne e não usa produtos de origem animal, lã, cabedal, essas coisas. Eu não tenho estofo moral para pensar assim, prefiro o cinismo da realidade, nascemos para nos comermos uns aos outros e eu sou a mercearia das minhocas e dos vermes, ou, como disse Eclesiastes, vermes, vós sois meus irmãos. Uma vez o pai leu-me uma história que me marcou, era do António Nobre. Numa ocasião em que já estava muito doente, o poeta teve um ataque de tosse, e nessa altura entrou um amigo, o Adolfo Baptista Ramires, no quarto, ficou varado com o sangue, havia sangue por todo o lado, nos lençóis, na cama, no chão, na banquinha. Foi o António Nobre que consolou o outro, que ficou mudo com aquela visão. Para ser franco, eu também não gosto nada de ver sangue. Bom, mas e o que é que disse o poeta? Uma coisa muito simples, mas que resume esta merda de condição humana a que fomos condenados.

— Deixa lá, Adolfo — apontava para o sangue, para os bacilos —, também têm direito à vida, e não sei mesmo se não terão mais do que eu.

Nessa situação desesperada, foi muito humilde. Noutra, disse:

— Daqui a uns anos só se lembrarão de mim e do Luís.

Este Luís a que ele se referia era o Luís de Camões.

Vinha do jornal quando encontrei o senhor Ulme a sair da biblioteca. Ficámos a conversar na rua. Disse-lhe que tinha feito uma pesquisa sobre as datas do nascimento do pai dele e que em breve o faria também relativamente à mãe.
— Em que ano nasceu o meu pai?
— Nasceu em mil novecentos e treze.
No mesmo ano em que Hitler e Estaline (o Tito também lá andava) andaram a passear pelo parque, o Stadtpark, em Viena. Na altura, não se conheciam, evidentemente, mas ter-se-ão cumprimentado? *Guten tag, guten tag*, e, sem saberem, aqueles bons-dias que disseram um ao outro haveriam de selar a História com gulagues e campos de concentração e sabe-se lá que mais. Uns anos depois desse passeio pelo parque estariam a transformar a pele de judeus em abajures, a fazer sabonetes com as cinzas de ciganos, judeus e polacos, e a congelar chechenos na Sibéria. Foi nesse ano que o senhor Ulme nasceu, andavam os ditadores a passear, talvez tivessem dito bons-dias um ao outro

enquanto a dona Maria do Rosário, avó do senhor Ulme, fazia força, com as pernas abertas em cima da cama de uma casa alentejana, talvez com um crucifixo de metal à cabeceira, a cara vermelha de gritar, a parteira a dizer força, força, a cabeça do bebé a aparecer, as fezes, o sangue, a urina, o primeiro vagido, o cordão umbilical cortado, e enquanto isso o Hitler e o Estaline diziam bons-dias um ao outro, *guten tag, guten tag.*

Quase a chegar a casa fui obrigado a agarrar abruptamente o senhor Ulme puxando-o para o passeio, porque um carro deu uma guinada na nossa direção, com a intenção clara de nos atropelar. Parou bruscamente, fumo a sair dos pneus e cheiro a queimado, marcas no alcatrão. Uma cabeça surgiu da janela:

— Grande cabrão, eu desfaço-te contra o chão, arranco-te as unhas uma a uma e furo-te os olhos com um garfo de alpaca!

Desta vez decorei a matrícula.

O senhor Ulme estava perplexo. Apenas perguntou, enquanto o carro arrancava: Porquê de alpaca?

— As pessoas querem saber, Baba Eduwa, como consegue adivinhar o futuro com tamanha precisão.
— Não há outro segredo, Kevin, para além da observação. Ver o futuro é pegar em binóculos, ver um ponto preto ao fundo da estrada e saber que é um carro que se aproxima.
— Treinam-se a detetar pontos pretos na vida das pessoas?
— É mais ou menos isso, Kevin, vemos os carros a aproximarem-se e anunciamos, é o nosso trabalho.
— Estás a falar sozinho?
— Não, Clarisse.
— Pareceu-me que estavas a falar sozinho.
— Estava a cantar.
— Ah.
— Temos de conversar mais baixo, Baba Eduwa, estão a ter uma reunião de negócios na sala ao lado.
— Muito bem, Kevin, faremos como pedes. No fundo é isto, estou treinado na subtileza do mundo, concentro-me nos

sussurros, na maneira de coçar o nariz, no cintilar de uma pupila, no desenho de uma nuvem, no cansaço do vento ou no reflexo de um inseto nas lentes de uns óculos escuros. É esse o meu trabalho, Kevin, observar pontos pretos.
— Estás outra vez a cantar.
— Vamos ter de acabar a entrevista.
— Está tudo bem?
— Está tudo bem, Clarisse.
Saí da casa de banho.
A minha cabeça andava cheia dos oooommmm da Samadhi, a Clarisse falava e eu ouvia aquilo, era como voltar da praia com os ouvidos entupidos com água do mar. A Clarisse perguntou-me como tinha sido o dia, ooooooommmmm, bem, respondi, ooooommmmm, a sílaba sagrada enchia-me a cabeça, a meditação deve funcionar, não sei, acho que é como a água do mar dentro dos ouvidos.
— Bem, como? — perguntou a Clarisse.
— Bem, bem. Correu bem.
— O que fizeste?
Oooooommmmmm.
— Fiz o costume.
— O quê?
— O costume, o que faço sempre.
— Tens a braguilha aberta.
— Pois tenho.
Ooooommmmm.
— Não me digas que andaste assim na rua.
— Se calhar andei.
— Não fechas?
— O quê?
— A braguilha.
Ooooooommmmm.

— Fecho.
— E então?
— E então o quê?
— Ainda não me disseste como foi o teu dia.
— Já disse, foi o costume.
— Entrevistaste alguém?
Ooooommmmm.
— Sim.
— Quem?
— Um tipo de uma associação artística.
— Nunca me perguntas como foi o meu dia.
— Como foi?
— Foi normal.
— Bom...
— Não aconteceu nada de especial.
— Foi um dia normal?
— Foi.
— Ajuda-me a pôr a mesa.
Oooommmmmm.
— Não, é a Beatriz a pôr a mesa.
— Ela hoje tem muitos trabalhos de casa para fazer. É melhor sermos nós a pôr a mesa.
— Ok.
— Hoje vi morrer um velhote com pneumonia.
— Passas-me os pratos?
— Fiquei ao lado dele, não havia mais ninguém, familiares, nada.
— Estás a pôr mal os talheres, as facas são do lado direito e...
— Deixam-nos morrer sozinhos.
— ... e os garfos do lado esquerdo.

— Agarrei-lhe na mão e fiz-lhe uma festa nos cabelos brancos.
Ooooommmmm.
— Clarisse, estás a trocar o lado dos talheres.
— Normalmente estas coisas não me afetam, mas hoje...
— Deixa estar que eu acabo de pôr a mesa.

Hoje o espelho devolve-me aquilo a que chamamos realidade, que em mim ganha a forma disto que se acumula na cintura e de uma vida conjugal a desmoronar-se, a cair de uma ribanceira depois de uma curva apertada.
— O chapéu continua em cima da cama — disse eu ao espelho. — Devias refletir uma história melhor, mais consentânea com os nossos desejos, uma história à beira-mar, uma história debaixo de palmeiras e coqueiros, o mar inexoravelmente turquesa a lamber-nos os pés descalços. Respirávamos felicidade, não era ar, que importa o oxigénio,
— Estás gordo. Desiste.
"o azoto, o dióxido de carbono, e fazíamos rodopiar a realidade como se dançássemos com ela num salão do século dezoito ao som de uma valsa. Em vez disso, isto, isto à volta da cintura e as olheiras que se colam aos olhos por nos debruçarmos em impressos, ecrãs, folhas de cálculo, inclinamos o corpo sobre a secretária e os olhos."
— Estás gordo.

"escurecem, vão ficando cada vez mais opacos, já não sabem refletir uma boa história, são escravos de uma consensualidade ou, se quiserem, realidade, que há muito desistiu de viver, de... já vou, Clarisse, já saio, não, não estou a falar sozinho. Estamos atrasados para ir buscar a miúda? Que horas são? Já vou, um minuto, não é por um minuto que... Pronto, podemos sair."

— Estavas a falar sozinho outra vez, se calhar não dás conta.

— Se calhar.

— Eu às vezes também falo sozinha, especialmente em frente ao espelho, talvez te aconteça a mesma coisa.

— Tens a chave do carro?

— Acho que precisamos de ir falando connosco, para dentro de nós.

— Onde é que eu pus a chave do carro?

— É normal.

— Não a guardaste na carteira?

— Não precisas de fingir que não falas sozinho, não é maluquice.

— Não a guardaste na tua carteira, Clarisse?

— A chave está na porta.

— Ah, claro.

— É saudável, acho eu.

— Sim. Vamos, que já estamos atrasados.

No dia seguinte almocei com a mãe num restaurante à beira-mar. Levou duas amigas e sentámo-nos numa mesa junto à janela. Uma das amigas dela é centenária. Magríssima, com óculos muito graduados, abana ligeiramente a cabeça para cima e para baixo. Entrou um jovem de vinte e poucos anos, bem-parecido, com cabelo preto escorrido, e a velhota começou às cotoveladas à minha mãe, e quando o rapaz passou por nós atirou-lhe um piropo. Fez um comentário sexual sobre o que lhe faria caso o apanhasse na cama, mas a mãe fez um ar de enfado dizendo-lhe que não podia pensar nisso por causa das costas. A outra amiga da mãe é muito sóbria, sempre muito educada, fala baixinho, debruçando-se sobre a mesa como se contasse um segredo.

Só a mãe é que pediu um moscatel, as amigas entretiveram-se com o pão e com a manteiga, as azeitonas e a pasta de sardinha. O empregado trouxe a ementa e recebeu um piropo, é muito bonito, disse a amiga centenária da mãe, ele agradeceu, ela disse que com a idade dela tudo lhe era permitido, o empregado riu-se, e ela acrescentou, mas não julgue que sou uma velha imprestável, ainda me mexo bem. Ao dizer isto, abanou-se um pouco, mexendo os braços como se dançasse.

Eu soltei um suspiro.

— Como está a tua mulher?

— Bem — respondi.

— Ainda dormes com ela?

— Somos casados.

— Por isso mesmo.

— Por favor...

— Tens de a deixar, ela não é mulher para ti. Porque é que não sais com a Vanessa?

— Qual Vanessa?

— A filha do Álvaro, que toca clarinete.

— Não gosto de clarinete.

O despertador da morte tocou. Soube hoje que a senhora do rés-do-chão, a tal que estava sempre sozinha, morreu. Foi o padeiro que descobriu.

Três carcaças: a senhora punha a saca do pão na porta. Quando o padeiro encontrou a saca cheia, com os três pães do dia anterior, chamou os bombeiros. Tarde de mais.

— Meu querido, os padeiros descobrem muitos velhos mortos — disse-me a dona Azul.

Decidi começar a correr. O despertador da morte tem esta capacidade de nos empurrar, de nos impelir a realizar tarefas que de outro modo jamais faríamos. Calcei uns ténis e vesti umas calças de algodão. Desci até ao rio. Estava um excelente dia, uma manhã cheia de sol, era cedo, a temperatura ainda era amena. Dei as primeiras passadas e senti o meu peso a mastigar o chão. Deu-me a sensação de estar a fugir da minha barriga, mas sentia-a tremer, como geleia, a cada passada. Nunca esteve tão presente. O chão era um espelho mais cruel. Não consegui correr mais do que dez minutos e cheguei a casa a sentir que morria, sem conseguir respirar, deitei-me no sofá até a respiração voltar a ser relativamente regular, depois levantei-me e comi um chocolate de avelãs com passas. Inteiro.

Levantei a camiseta em frente ao espelho para ver a minha inimiga. Mantinha-se irredutível.

Estava eu a ver a minha inimiga ao espelho quando a Clarisse chegou a casa. Pegou numa garrafa de *whisky* e encheu um copo. Não pôs gelo e bebeu-o de um trago. Agora parecia ser hábito dela beber de manhã. Não sei se era por a Beatriz lhe ter contado alguma coisa da noite em que a Samadhi esteve cá em casa ou se era simplesmente alcoolismo. Mais tarde haveria de perceber o verdadeiro motivo, mas naquela altura estava demasiado perto da situação, não me era possível ver a paisagem completa.

— Não vais trabalhar?
— Não.

Tivemos uma discussão enorme, gritámos vários insultos, a casa ficou terrivelmente escura, a Beatriz apareceu na sala agarrada ao urso de pelúcia, ficou ali uns segundos a ver-nos discutir, a Clarisse disse para ela ir para o quarto, ela foi, ouvimos a porta a bater, e a nossa discussão continuou. A Clarisse atirou a garrafa de *whisky*, não sei se contra mim, se contra a parede, o que é certo é que não acertou em nenhum dos dois, mas numa mesa de canto, tendo chegado ao chão miraculosamente inteira. Quando lhe falei do chapéu em cima da cama, ela perguntou:

— Do que é que estás a falar?

Virou-me as costas e foi para o quarto da Beatriz, fechou a porta atrás de si, mas eu ouvia os soluços do choro de ambas. Peguei na garrafa de *whisky* e sentei-me no sofá, liguei a televisão e pus-me a ver um canal de desporto e a beber da garrafa.

Uma hora depois a Clarisse saiu do quarto da Beatriz, entrou no quarto de hóspedes e tirou uma mala enorme, a mala que utilizávamos nas férias, em cima da qual nos sentámos à espera de um autocarro junto ao deserto jordano, a mesma mala que ficou ao nosso lado, quando, em Amã, jantámos queijo com tâmaras e uvas e doce, a mesma mala que trouxe haxixe de Marraquexe e que dormiu connosco nas praias da Costa Rica. Se fizermos uma autópsia à mala encontramos as veias do nosso casamento, as veias dos nossos melhores dias, quando ainda não precisávamos de acender a luz para nos iluminar, quando ainda éramos dois corpos a boiar numa piscina andaluza, quando habitávamos, mais do que num apartamento, nos mais profundos pensamentos um do outro.

E agora?

Agora, ouvia-se o barulho de gavetas e armários a abrirem e a fecharem, a abrirem e a fecharem, a abrirem e a fecharem, eu aumentei o som da televisão, era um jogo da liga dos campeões de há dois dias, já sabia o resultado, assim como já sabia o resultado daquilo que estava a acontecer na minha vida. Aumentei o som para abafar o barulho das gavetas e dos armários, o barulho do divórcio, gavetas e armários a serem abertos e fechados. Ouvi a mala ser arrastada, virei a cabeça, vi a Clarisse abraçada à Beatriz, o urso de pelúcia a sair da manta cor-de-rosa em que ia embrulhado, a porta da rua a ser destrancada, a ser aberta, as dobradiças que rangem sempre, naquele dia, talvez de dor, mas houve tempos em que era o ruído de um sorriso. E o barulho seguinte foi o mais difícil de todos os barulhos, deve ser isso que se ouve quando morre alguém, o barulho do fim, o barulho da porta a fechar-se. O ruído definitivo, aquele que rasga a promessa que fizemos um ao outro num dia de chuva, em Fevereiro, há oito anos.

Desliguei a televisão, fui até ao quarto de hóspedes e pus a merda do chapéu no bengaleiro.

Ouvi as minhas pálpebras a fecharem-se, como portadas de madeira atiradas pelo vento. Doía-me a cabeça, mas estava de pé em frente ao espelho, ainda não tinha caído, ainda sou jovem, disse eu para dentro do corpo, engoli aquelas palavras, passaram-me pela barriga, pelos cabelos grisalhos. Sou jovem, sou pai, disse eu. E sou mesmo. Ainda estou de pé.

— Morreu a senhora do rés-do-chão — disse o senhor Ulme.

Eu sei, eu sei, morreram mais coisas nesse dia, foi o que tive vontade de dizer mas não disse.

— Quer um café?
— Prefiro um chá.

Fui aquecer água.

— Falei com a Margarida Flores — disse da cozinha.

Ouvia o sussurro do senhor Ulme:

Entremos mais dentro na espessura, entremos mais dentro na espessura.

— E então? – perguntou, quando cheguei à sala.
— Não falou de si e, pelos vistos, não quer falar.
— Devo ter feito alguma asneira.
— Talvez.
— Como é ela?
— Bonita.

— O cavalheiro conhece uma diva da canção ligeira e o que tem a dizer dela é que é bonita?
Servi-lhe o chá.

— Imagine que tem um copo de vinho à sua frente, sinta-lhe os aromas, a cor, a transparência, imagine que ouve uma música, ouça o sousafone lá atrás, a guitarra a encher o ritmo, os pratos da bateria, os trinados da voz e o trombone dedilhado com o sopro. Como é que é a Margarida?

— Tem olheiras.

— Não sei como é que a Clarisse atura um homem assim, tão pouco interessante, que não se comove com a transparência dos corpos, com a lucidez que nos transmitem, que não conhece a linguagem da pele, das rugas, das unhas, das articulações. Altitude, cavalheiro, altitude!

— Tem covinhas na cara.

— Ah, isso já é qualquer coisa. Os risórios-de-santorini! Saiba que é um músculo que nem todos os homens têm, um músculo devotado ao riso, só serve para isso. Quem tem covinhas tem risórios de santorini, quem não tem covinhas poderá ter ou não. Mas concentre-se, cavalheiro, estamos a falar de um músculo dedicado ao riso. Ora, como disse Samuel Lieber, o ser humano é o único animal que ri, apesar da taxa de desemprego. E se somos o único animal que ri, então os seres humanos com covinhas devem ser ainda mais humanos, e deve ser esse o motivo do fascínio que essas expressões nos provocam, esse desejo insano de nos apaixonarmos por quem tem esses acidentes na cara.

Bebeu o chá. Reparei nos seus gestos, pareceram-me demasiado lentos, como se estivesse a pegar em algo muito delicado. Na altura, eu não fazia ideia do que aqueles gestos lentos queriam dizer e o drama que encerravam dentro deles.

— Quer mais chá? Um bolo?
— Temos de sair daqui — disse-me. — Temos de sair daqui. Estas paredes são um pesadelo.

Caminhámos um pouco até um baldio nas traseiras do prédio. Entremos mais dentro na espessura, entremos mais dentro na espessura, repetia ele enquanto andávamos, um pé à frente do outro, mais um verso, mais um passo, mais um verso.

Apontou para o céu.
— O céu é incrivelmente realista, não é?
Sentámo-nos no chão.
Passámos mais de meia hora em silêncio, somente interrompido pelos versos de São João da Cruz.
— Eu e a Clarisse separámo-nos.
— Já se esperava.
— Como assim?
— O cavalheiro não percebe nada de mulheres.
Disse-lhe que estava na hora de voltarmos para casa.
— Nem pensar, temos de esperar pelo céu estrelado.

Voltámos para minha casa, depois de vermos o céu estrelado.

— Surpreende-me estar vivo, assim, desprovido de infância, de afetos — disse ele.

Compreendo, pensei, eu não abdico dos momentos em que pegava na bola para construir golos, em que corria até a respiração me saltar do corpo, como se não fizesse parte dele, e sentia o peito a estalar, não abdico do Pedro, do Rui, da Clara, das minhas tentativas de fazer arcos e flechas. Estragava as árvores tentando arranjar ramos que tivessem as características necessárias à minha ambição bélica. Os ramos de figueira eram muito moles, não serviam, por isso insistia noutras árvores de fruto. Os Verões eram passados na praia, em Lagos. As viagens para o Algarve eram sempre de um dia inteiro. Por vezes, por causa do trânsito, vínhamos por Troia, um pouco como Ulisses. Voltávamos a casa, como na *Odisseia*. Agora, quando penso nisso, havia uma aura clássica nesta viagem, já que víamos Penélopes por todo o lado, coladas em tantos carros, era tudo muito homérico.

Depois de o senhor Ulme sair, peguei no telefone e liguei para a dona Eugénia. Não se lembrava de mim, expliquei-lhe quem era, o amigo do senhor Ulme que estivera na aldeia a fazer perguntas sobre o passado dele.

— O senhor de Lisboa?

— Esse — respondi.

— Queria saber uma coisa que me tem intrigado. O senhor Ulme usa uma chave pendurada ao peito. Sabe a que porta pertence?

— Não sei do que está a falar — disse, a gaguejar, e desligou o telefone.

Liguei de seguida ao padre Tevez e fiz-lhe a mesma pergunta. Começou por dizer que há coisas em que não devemos mexer, e, quando insisti, disse que não sabia nada sobre a chave.

— Mas se antes me avisou de que não deveria mexer nesse assunto, é porque sabe alguma coisa sobre isso.

— Não sei nada.

Desligou dizendo que tinha trabalho para fazer e não tinha tempo para estar ao telefone com conversas sem nexo.

— Hoje à tarde vi um homem com um sapato verde num pé e uma sandália no outro — disse o senhor Ulme.
— O que é que fazemos com isto?
Acendi um cigarro e fumei-o na varanda.
Ouvia o senhor Ulme sussurrar entremos mais dentro na espessura, entremos mais dentro na espessura. Quando voltei para a sala:
— Quer jantar lá em casa?
Disse-lhe que sim.
— É caril.
— Todas as vezes que fui a sua casa, havia cheiro a caril.
— É que faço o molho e costuma sobrar, então, faço mais arroz e, como sobra arroz, faço mais caril. É difícil parar.
— Um dia vai ter de comer outra coisa qualquer.
— Sem dúvida, sem dúvida. O que é que irá bem com arroz?
— Tanta coisa.
— Tenho de refletir sobre isso.

Na manhã seguinte telefonei para casa dos pais da Clarisse. Atendeu a mãe, que me disse que ela não queria falar comigo e que o irmão viria em breve a minha casa para levar uma série de outras coisas. Pedi para falar com a Beatriz, mas ela, sem surpresa nenhuma, também não queria falar comigo.

Decidi dedicar-me ao passado do senhor Ulme, para pelo menos ter algo de que me ocupar. Telefonei para casa da Violeta Flores, atendeu o marido, o tal Mostovol, que era palhaço. Disse-me que a mulher não estava, mas que não se importaria de conversar comigo.

— É sobre o Ulme?
— Sim.
— Éramos amigos.

Combinámos um encontro na Ginjinha sem Rival. Cheguei meia hora antes.

O dia empurrava as horas para a frente, como se as levasse num carrinho de mão, devagar, com esforço. Pedi uma ginjinha.

— Com ou sem?
— Com.
Ele apareceu vestido de palhaço.
— Venho do trabalho — disse.
Cumprimentámo-nos, expliquei-lhe que gostaria de saber sobre a sua infância com as irmãs Flores, disse-lhe que estava a escrever um pequeno artigo sobre a Margarida.
— Nasci no campo. Era um alexandrino, por favor.
Serviram-lhe um. Ele olhou para o copo, levantou-o na direção da porta, da luz, rodou-o.
— Este anisado faz-me lembrar o funcho, *foeniculum vulgare*, muito bom para problemas digestivos, dez gramas de sementes para um litro de água. Era uma praga onde eu vivia, mas eu adorava o cheiro, o modo como ele emergia na Primavera, por entre as searas de aveia, *avena sativa*, que, com vinho, faz uma boa cataplasma quente contra o reumático, apesar de nós só a usarmos para alimentar os cavalos.
— Vejo que sabe de botânica.
— Aprendi com o Ulme. Ele sabia tudo de flores. Conhece o Ulme, evidentemente...
— Conheço.
— Claro, que pergunta estúpida.
— Continue...
— Um dia fiz uma pequena coroa, muito simples, com o talo de um funcho. A Margarida Flores tinha uns sete anos nessa altura e eu pus-lhe a coroa no cabelo.
Bebeu o copo de uma vez, pediu outro.
— Éramos todos muito pobres, mas não imagina como ela ficou bonita, parecia que se tinha acendido qualquer coisa no mundo. Toda a gente notou. Quando ela chegou a casa, a mãe até deitou umas lágrimas. A mãe era uma se-

nhora baixa, com dentes de coelho, e piscava os olhos três vezes antes de falar. Quando olhou para a filha, que estava toda suja, apercebeu-se de como ela precisava de um banho. Ela andava sempre assim, mas o contraste da coroa no cabelo deu essa estranha sensação de que havia alguma coisa errada. Deu-lhe banho e vestiu-lhe o único vestido bonito que havia em casa, que já tinha sido da irmã mais velha, a Dália. Eram três irmãs, que o pai batizou com nomes de flores, para fazer, segundo ele, sentido com o apelido. Quando a Margarida atravessou a aldeia, as mães ficaram maravilhadas, algumas ciumentas. Eu corria ao lado dela, feliz, fazia uma ou outra palhaçada, há vocações que nos surgem cedo na vida. Na semana seguinte, as meninas andavam todas a competir com a Margarida, cada uma mais bonita do que as outras, todas de flores no cabelo, de rosas a dentes-de-leão, *taraxacum dens leonis*, um excelente febrífugo, também útil para as irritações do peito. Os pais das crianças, com aquele brilho todo que andava a correr pela aldeia, começaram a sentir-se desadequados, começaram a pentear-se, a alisar a camisa, primeiro com as mãos, mais tarde tendo o cuidado de as vestir engomadas. E o senhor Flores decidiu pintar a casa enquanto a mãe arrancava as ervas do jardim. Pela minha saúde que isto é tudo verdade. A aldeia começou a ficar como a Margarida, com uma coroa de funcho na cabeça. Começaram a aparecer nas janelas das casas vasos coloridos de sardinheiras e de alecrim, os muros e as casas foram caiados, e tudo isso criou uma aura condizente com os cabelos floridos das meninas daquela aldeia. Aos poucos, apareceram visitantes. E foram aparecendo cada vez mais. A venda do monte cresceu. Se tivesse lá ido dois anos depois, teria comido as melhores migas de espargos do Universo, porque a venda foi ampliada e tornou-se, com alguma naturalidade, um restaurante. O pastor começou a vender os Cristos que esculpia com a navalha enquanto apascentava as ovelhas. O município reparou as estradas, construiu uma rotunda, mesmo em frente ao cemitério, que teve os cedros podados e a entrada relvada. O grupo de teatro voltou a funcionar, todos os dias chegavam visitantes. Creio, aliás, tenho a certeza de que aquela aldeia se teria tornado um lugar grandioso. Mas aconteceu alguma coisa, a certa altura, que eu não consigo explicar. A Margarida deixou de usar as coroas de funcho e os olhos dela ficaram nublados. Ficava muito tempo sozinha e já não brincava com ninguém. Sentava-se na terra e uma vez vi que chorava. Perguntei-lhe o que se passava, mas ela não me disse. É curioso que, em pouco tempo, as outras meninas foram deixando murchar as flores, primeiro a irmã mais velha, a Dália, depois a Violeta, depois as vizinhas, depois todas as restantes meninas da aldeia. A casa dos Flores foi-se degradando, as ervas voltaram a crescer no jardim, especialmente as urtigas, *urtica dioica*, rica em ferro e vitaminas, come-se em sopa e saladas, esperando meia hora para que o veneno delas deixe de fazer efeito. A hortelã deixou de se ver no meio das urtigas e das beldroegas e dos cardinhos. Um ano depois, palavra de honra, já nenhum rapaz penteava os cabelos com cuspo e as outras meninas da idade da Margarida voltaram a ser as meninas que eram. A venda fechou o anexo e as melhores migas de espargos selvagens do Universo foram substituídas por umas rodelas de cacholeira servidas ao balcão da antiga tasca. Eu casei-me com a Violeta Flores, uns anos depois, tinha eu dezanove e ela dezasseis, e viemos para Lisboa. Aliás, foi o que aconteceu à aldeia. Deixámos os velhos para trás e fomos para onde imaginávamos ter futuro. Um dia, alguns anos depois de chegarmos a Lisboa, num Natal, contei esta história da coroa de funcho. Ninguém se lembrava, nem a Margarida. Não te lembras? Não, não me lembro, respondeu ela. Comíamos um bolo de frutos secos que a minha sogra tinha o costume de fazer e que já a mãe dela fazia. Levava aguardente, porto, frutos secos e frutas cristalizadas, algumas delas muito difíceis de encontrar e que era necessário ir a Lisboa comprar. Depois de a minha sogra morrer aos oitenta e quatro anos, com uma trombose, foi a Dália que manteve a tradição e nunca deixou de fazer o tal bolo. A Dália era boa pessoa, talvez até de mais, se isso é possível, mas teve algum azar, casou-se com um grego que nunca chorava, nem quando o enchíamos de porrada, e que se tornou delegado de informação médica, um homem insuportável, com umas sobrancelhas incoerentes, sempre de copo na mão. Eu insisti naquilo da coroa de funcho. Não te lembras, Margarida? Não, não me lembro, respondeu ela. O meu cunhado chamou-me parvo, enquanto invadia a sala com o nevoeiro do seu charuto. E ninguém acreditava que uma flor tivesse feito aquela diferença. Disse-me o meu cunhado, sempre cheio de certezas: houve um crescimento económico depois da guerra, foi por isso que a aldeia prosperou, mas depois, claro, a depressão fez com que todos partissem. Mas não foi nada assim, lembro-me como se fosse hoje do dia em que, por brincadeira, fiz a coroa de funcho, *foeniculum vulgare*, e a coloquei na cabeça da Margarida, que era ainda tão nova, tão inocente, com os seus teimosos caracóis castanhos. Foi tudo por causa de uma flor no cabelo. É como este alexandrino que tem o campo dentro dele, é como esta loja. Se um dia fechar, ninguém se lembrará de que ela era uma flor no cabelo de Lisboa.

Perguntei-lhe sobre a chave que o senhor Ulme trazia ao peito. Não me quis responder.

— Chama-se mesmo Mostovol ou é nome de guerra?

— O pai do Ulme era melómano e comprava discos estrangeiros, punha a grafonola na varanda, virava-a para a rua e nós ouvíamos *jazz* e música erudita.

— O padre disse que não se ouvia *jazz*.

— O padre é um reacionário.

— Ouvia-se *jazz*?

— Evidentemente que sim. A minha canção favorita era o *Autumn Leaves*. Um dia decidi cantá-la à Violeta. Ela ia para casa com as irmãs, eu parei à frente dela e comecei a cantar. Quando cheguei à parte *since you went away the days grow long and soon I'll hear old winter's song, but I miss you most of all...*, ao chegar aqui, tive uma branca, fiquei a repetir *most of all*, *most of all*, *most of all*, muito nervoso, sem pinga de sangue, com os meus amigos todos a rirem-se de mim. Passaram a chamar-me Mostovol.

Como não falámos do senhor Ulme, perguntei ao Mostovol:

— E o senhor Ulme?
— O que é que tem?
— Queria saber sobre ele.
— Foi o que lhe contei.
— Falou-me das irmãs Flores e...
— Contei-lhe aquilo que movia o Ulme, os seus amores. Isso é coisa que, muitas vezes, não se percebe ao interrogar a própria pessoa. Se há alguém indicado para errar, é o próprio. Se quiser ter uma espécie de verdade, pergunte às pessoas que o conheceram. Vai ter muitas contradições, mas isso é bom.
— É bom?
— Pergunte a quem não gostava dele e vai ter a descrição de uma pessoa horrível; pergunte a quem o adorava e vai ter um santo. Vai perceber que o Ulme era mau, era

lindo, era horrível, era divino, era mentiroso, era um *boxeur* virtuoso, era um cobarde.

— Isso é bom?

— São opiniões que dão uma perspetiva mais alargada da pessoa, não a confinam ao que se vê no espelho.

— O que é que tem o espelho?

— Nada, mas é um método um pouco narcisista de nos conhecermos.

— Depende.

Voltei para casa.

Deitei-me no sofá depois de fumar um cigarro.

Ouvi a campainha, era o irmão da Clarisse, foi lá a casa para buscar mais roupas e alguns objetos.

— Depois trata-se das partilhas – disse ele.

— Gostava de falar com a Clarisse.

— Ela não quer falar contigo e eu acho muito bem. Deixa-a em paz, que só a fazes sofrer.

Dei um pontapé numa cadeira.

— Deixa-te de teatros.

Comecei a gritar com ele e expulsei-o de casa.

— Se a Clarisse quiser levar mais coisas, que as venha buscar.

Ele mostrou-me o dedo médio antes de sair.

Fiquei sentado no sofá a chorar, até que decidi que iria esperá-la ao emprego, ou à porta da casa do irmão, não podia continuar a viver uma situação daquelas, de uma maneira tão absurda, somos adultos, temos de resolver estes assuntos conversando e não com este tipo de atitudes.

Entrei no carro, pus gasóleo e fui até ao hospital. Liguei o rádio muito alto para não pensar muito e, quando cheguei à autoestrada, comecei a ter dúvidas sobre a utilidade da minha deslocação. Nem a Clarisse nem a Beatriz queriam ver-me, talvez fosse melhor esperar uns dias, deixar os ressentimentos assentarem.

Saí da autoestrada, bati muitas vezes com as mãos no volante, gritei e pus-me a caminho de casa. Abri os vidros todos e já não sei se chorava por causa do vento a bater-me na cara se por causa do pântano em que me sentia a afundar. Cheguei a casa ao final da tarde, estava um céu esplêndido, a Natureza a exibir-se. Estacionei no quarteirão abaixo. Ao passar por uma menina da idade da Beatriz, de

mão dada com a mãe, perguntei-lhe de que cor era a sua camisola.
— Verde.
— Isso ninguém sabe, que a cor não é uma propriedade dos objetos.
A mãe puxou-a, como se eu fosse maluco.
Quando meti a chave na porta, achei que estava a precisar de conversar um pouco, toquei na porta do senhor Ulme.
— Tem *whisky*?
— Tenho.
— Precisava de um triplo. Ou mais.
— Entre.
Comentei com o senhor Ulme que encontrara a Clarisse a beber *whisky* de manhã.
— Pudera, coitada, ser despedida assim.
— Ela foi despedida?
— Claro. Não sabia?

Ouvi bater à porta perto das duas da manhã, batidas insistentes, com força. Fui abrir, estava em cuecas, ainda com o sono agarrado aos olhos. Ele entrou em casa, tinha os olhos raiados, tinha estado a chorar e tremia da voz.

— Como é que consegue dormir?
Entremos mais dentro na espessura, entremos mais dentro na espessura.
— Eu?
— Sim!
Entremos mais dentro na espessura.
— O que é que eu fiz?
Abriu o jornal que trazia amarrotado na mão esquerda e mostrou-me uma notícia sobre centenas de crianças mortas na Nigéria. Batia com as costas da mão no jornal e perguntava como é isto possível, que mundo, hã?
Consegui fazê-lo sentar, mas demorou a acalmar-se.

Entremos mais dentro na espessura, entremos mais dentro na espessura.

— Ainda há quem acredite — disse ele — na teoria da evolução, quando claramente estamos a envergonhar Darwin.

Ficámos uns minutos em silêncio. Quebrei-o:

— Estive com o Mostovol.

— Quem?

— Aquele amigo seu, de infância. Já lhe falei sobre ele.

— Ah.

— Casou-se com uma das Flores, com a Violeta. Contou-me várias coisas sobre a aldeia onde viveram, como ela mudou por causa de um ramo de funcho. E disse ainda que, na escola, quando lhe perguntavam onde tinha nascido, respondia apontando para o horizonte.

— Quem, eu?

— Sim. E era admoestado pela professora, ninguém vem de tão longe.

— Eu acreditava nisso?

— Acreditava. Em criança, o senhor achava que tinha nascido num lugar que não se vê, anterior ao útero, uma espécie de nada, a matéria do mundo, como diz a santa madre igreja. Onde nasceste, perguntavam-lhe, e o senhor apontava para lá do montado, para um lugar tão distante que o próprio indicador, auxiliado pela imaginação, não chegava. Fazia isso muitas vezes, apontava para lá das coisas todas.

— O Mostovol disse isso mesmo?

— Disse. E ainda acrescentou que quando faziam corridas, o senhor continuava a correr para lá da meta, até se cansar, o seu objetivo estava sempre para lá daquilo que se podia estipular. As pessoas consideravam-no uma espécie de génio, alguém capaz de vir a ser um homem para lá do horizonte.

— Não me parece. Olhe para mim.

— O Mostovol concorda com a sua apreciação, diz que a sua estrutura moral era fraca, sucumbia a todo o tipo de tentação, minando as suas próprias ambições.

— Deve ser verdade.

— É uma opinião.

— Devia ter-me levado consigo.

— Pensei nisso, mas achei que poderia ser estranho e que ele não falaria de si da mesma maneira. Temo pela verdade.

— Se eu estiver presente vão mentir?

— É uma possibilidade.

— Acho que quero correr esse risco, cavalheiro, pelo menos uma ou outra vez.

— Muito bem, para a próxima, levo-o comigo.

Por fim, sem se despedir e depois de uns minutos de silêncio, levantou-se e voltou para casa a murmurar entremos mais dentro na espessura, entremos mais dentro na espessura, entremos mais dentro na espessura.

Nós tínhamos uma ameixeira no quintal. O pai pegava numa ameixa, metia-a toda na boca, dizia que era assim que a devíamos comer, depois cuspia o caroço, baixava-se e cuspia. Era um gesto de reverência, de totalidade, mas mais do que isso, perpetuava a árvore, pois ao cuspir plantava-se. Era a reprodução da ameixeira, cuspir fazia nascer uma árvore. E o pai, quando se erguia, com as calças de fazenda a apertarem-lhe os testículos, de tão puxadas para a barriga, os suspensórios lassos, concluía: é assim que se come uma ameixa. É isso, pai, não é só o fruto que comemos, são as frágeis pegadas dos pássaros que nele pousaram, os raios de sol, o grito dos mochos, o luar mais furtivo, a chinfrineira das cigarras. Os frutos são o resultado de tudo. O caroço que se cospe é a vida.

É isso, pai, é a vida.

É o caroço que temos de encontrar e perceber que isso somos nós, prontos a ser cuspidos, esse lugar desprezível é o mais importante.

Senhor Ulme, encontrarei o seu caroço e dar-lhe-ei um motivo para ser cuspido e, desse gesto, farei nascer uma nova árvore, maior, mais alta, frondosa, etérea, conclusiva, uma árvore da vida, cabalística, perfeita, um ramo de pão e outro de alma, um fruto de maresia, outro de barro.

As flutuações de humor do senhor Ulme eram evidentes e sucediam-se com poucos minutos de intervalo. Dias depois, ao abrir a janela da minha casa, um bando de pássaros levantou voo do beiral da varanda.

Ele riu-se com estrépito, como se alguém lhe fizesse cócegas.

Perguntei-lhe o motivo daquela explosão.

Respondeu-me que os coitados tinham de voar para chegar muito alto, mas a nós, humanos, bastava-nos pensar.

— Coisa que não fazemos muito bem — disse-lhe.

— É verdade. Altitude! Falta-nos isso. Num minuto reclamamos do Governo, a seguir votamos nos mesmos, num minuto verduras, a seguir *bacon*, num minuto espaço, depois infinito, num minuto salada de rúcula, a seguir um leitão, num minuto felicidade, depois a telenovela, num minuto a verdade, a seguir aquele animal, como é que se chama esse coelho?

— Estive a pensar naquilo que me disse da Clarisse, que bebia porque tinha sido despedida...
— Sim?
— Tenho a certeza de que a vi beber quando ainda trabalhava.
— Talvez tivesse outros motivos para isso.
— Quais?
— Isso terá de lhe perguntar a ela.

E, de repente, ficou outra vez deprimido, entremos mais dentro na espessura, entremos mais dentro na espessura.

Ao caminhar para casa, vi o senhor Ulme com as mãos cheias de recortes de jornais, a mostrá-los às pessoas. Afastavam-se dele, com aquela cara de nojo que se faz quando se está perto de sem-abrigo, pobres, malucos, políticos. O desespero do senhor Ulme era evidente. Mostrava a tragédia e as pessoas afastavam o olhar.

Decidi fazer uma surpresa à Samadhi, comprei umas flores, margaridas, e uma garrafa de tinto, touriga nacional. Calcei os meus melhores sapatos e penteei o cabelo para trás. Bati à porta da casa dela às dezassete horas em ponto. Ela abriu e fez um ar de surpresa, não estava à espera, disse. É claro que não estava, já que, sentado na sala, vestido de roupão e com um cigarro na boca, estava o Mendes. O Mendes, comentei comigo mesmo. A Samadhi saiu para o patamar enquanto encostava a porta com a mão esquerda e pousava a direita no meu braço. Vamos falar sobre isto, disse ela, e eu perguntei: O Mendes? Passamos o tempo a gozar com o tipo. E foi aí que ela me disse uma frase que me levaria ao suicídio.

O Mendes, sempre com aqueles casacos da feira, de napa, castanhos ou pretos, as mangas arregaçadas até metade do antebraço, os trejeitos da boca, as frases mal escolhidas, eram como se apedrejasse alguém, e aquela maneira de falar, da rua, em que se comem vogais e se acentua os ésses no final das palavras. O Mendes, que conta anedotas sobre pretos, mulheres, alentejanos, que chega ao pé de nós e diz: um inglês, um francês e um português entraram num bar, e nós reviramos os olhos, e depois ele fala do Benfica, da cegueira escandalosa dos árbitros. O Mendes, sempre com a barba muito bem feita, um bocadinho de papel higiénico na curva do maxilar, um bocadinho de papel higiénico que serviu para estancar o sangue de um pequeno corte, as patilhas demasiado cortadas, o cheiro a *after-shave* e a colónia comprada na drogaria. O Mendes, quem diria?

***

Quando cheguei a casa subi ao terraço. Olhei lá para baixo, fechei os olhos e inspirei profundamente. Estava calmo, mas sentia-me muito cansado, estava na altura de desistir. Tinha as pernas dormentes, tão dormentes como a paisagem, a vida, essas coisas. Debrucei-me um pouco. A frase da Samadhi voltou a soar na minha cabeça. Quando ela encostou a porta, agarrei-a pelos ombros e repeti: o Mendes? E a Samadhi dizia que queria explicar, e eu, o Mendes? Ela irritou-se e disse: O Mendes tem muita coisa boa, se não tivesse, a tua mulher não se teria metido na cama dele durante mais de dois anos. E isto agora fazia-me um eco enorme dentro da cabeça: durante mais de dois anos, durante mais de dois anos, durante mais de dois anos.

Os carros lá em baixo, o meu cansaço a escorrer pelo corpo, pelos braços, a encravar-se nas unhas, um cansaço indolente, parecia um gato a roçar-se nas pernas de uma velha, e lá em baixo as pessoas pequeninas, os carros pequeninos, a vida pequenina, tudo a passear o tédio pelas ruas, e o eco, durante mais de dois anos, durante mais de dois anos, durante mais de dois anos. É agora, pensei enquanto me preparava para subir para o murete do terraço.

E optei pela frase mais chavão de todas: Adeus, mundo cruel.

Não havia maneira mais torpe de morrer. Até naquele momento patético eu era absolutamente ridículo.

Repeti: Adeus, mundo cruel.

O Mendes, com o seu casaco de napa, mangas arregaçadas até meio do antebraço, não diria melhor.

E, de repente, a música salvou-me, vou ter de o afirmar assim, literalmente. A orquestra Mnor tinha acabado de subir para o terraço. O Korda com a sua guitarra, boa tarde, disse-me ele enquanto se baixava para ligar o cabo ao amplificador, o Klaus a tirar o trombone da mala, os sons aos solavancos de quem começa a aquecer, umas notas repetidas da guitarra a ser afinada, e, de repente, o tema *One more kiss, dear*. O senhor Ulme abriu a porta do terraço, o cavalheiro também cá está, disse ele enquanto fazia uma vénia para deixar a dona Azul entrar. Pegou-lhe na mão e começaram a dançar. Eu ainda ouvia o eco, mas senti os olhos a ficarem cheios de lágrimas, por isso atravessei o terraço a correr e fui para casa. Tomei dois comprimidos, um *shot* de *rakia* que trouxera de uma viagem a Belgrado, e adormeci.

Como não conseguia resolver a minha vida, decidi continuar a recuperar a do senhor Ulme. Consegui o contacto de outro cunhado seu que fora também um amigo próximo.

Encontrei-me com o senhor Vastopoulos na Charcutaria Tavares.

— Não me servem um porto? Sirvam um porto a este senhor. De que ano é?

— Do ano passado.

— Do ano passado? Não há nada mais antigo? Não mereço um vinho com mais experiência, que tenha visto a revolução e que tenha visto homens e mulheres a morrerem esmagados pelos ponteiros dos relógios e que tenha ouvido as árvores a crescerem nas ruas e que tenha visto o filho de alguém chegar de Angola sem a perna esquerda? Não tenho direito a uma vida enfiada num copo? Mas hoje é este que está em promoção, não é?

O homem disse-lhe que sim, aquele era o vinho em promoção.

— Vivo, desde que me casei, no mesmo bairro da Amadora. Fui vendo as pessoas a morrer, umas atrás das outras, é um dos privilégios de se chegar a velho, temos acesso a este espetáculo fúnebre que é a vida à nossa volta.

— E o seu nome grego?

— O meu pai era levantino, meio arménio, meio grego, tinha uma perna de pau e sobrevivera aos turcos, na guerra da Ásia Menor, apesar de os familiares próximos terem morrido todos. Cortaram as mamas a uma das suas tias, dizia ele, e obrigaram-no a mamar naqueles bocados de gordura ensopados em sangue. Conseguiu fugir e, desde que chegou a este país moribundo, que andava, todos os dias, nunca o vi de outra maneira, com o cigarro no canto da boca, encaixado no espaço onde deveria estar um dente. O meu pai avaliava tudo segundo as memórias que tinha da sua terra natal, o queijo só era decente quando se parecia com feta, e dizia, para gabar o país onde vivia há mais de quarenta anos, que gostava de nações onde os homens andam de saias e tocam gaita, como os gregos e os portugueses. E os escoceses?, acrescentava sempre alguém, mas o meu pai não queria saber dos escoceses, e o seu pensamento já estava cheio de gaitas-de-foles a apanhar o vento das montanhas da Meteora ou do monte Olimpo. No peito tinha uma tatuagem que dizia "não vou perder tempo a morrer enquanto posso estar vivo". Era uma pessoa severa e solitária, que me proibiu de chorar, tal como se impedia a si próprio, enquanto Constantinopla não voltasse a ser grega. Na minha família não se chora desde o ano de mil quatrocentos e cinquenta e três, salvo em bebé, altura em que não se consegue impedir ninguém de chorar. Foi esta a educação que tive, sem lágrimas.

Perguntei-lhe sobre a sua vida social, como era, com quem se dava.

— A minha vida social nunca foi famosa, limitava-se a pouco mais do que o meu cunhado, o Ulme, que aparecia lá em casa para ver a bola, com o bigode revirado e a cheirar a cânfora, porque usava uma pomada para desentupir o nariz. Ficávamos horas a discutir futebol, enquanto, meio sombra, meio nuvem, a minha mulher nos servia um vinho que o meu cunhado trazia do Douro. Nunca fui muito além disso, de discutir futebol. Creio que, ao nascer, a minha veia criadora foi substituída pela aorta, ou pela carótida, ou isso. Deixe-me atirar a rolha fora. Tal como alguns guerreiros destruíam o barco que os levava a certa ilha para que vingassem ou morressem, de modo a que não tivessem maneira de escapar ao seu destino, eu faço o mesmo com o vinho. Abro uma garrafa e deito fora a rolha. Por falar em mortos... Não falei em mortos? Mas olhe que um vinho aberto já está a agonizar, enfim, adiante, um dia a minha mulher quis ir à bruxa, que neste caso era um charlatão com uns cinquenta e tal anos, vestido com uns andrajos persas, para parecer espiritual. Vou só molhar a língua, com licença. A caminho da tenda do taumaturgo, que era um apartamento numa perpendicular à Avenida da Liberdade, num segundo andar a escorrer humidade pelas paredes, disse à minha mulher que ela era uma estúpida ignorante e só a acompanhava para lho provar e impedir que o bruxo a roubasse descaradamente. Mais um copo? Pode ser? De que ano é? Onde é que eu ia? Ah, ia falar com os mortos. Não percebi na altura, mas aquilo deve ter sido uma maneira de a minha mulher tentar comunicar comigo. Como eu não lhe ligava nenhuma, ela sentiu necessidade de um médium. É claro que foi o pai dela, o Flores, que incorporou no homem e disse umas asneiras quaisquer, como dizia sempre, coisas de sogros, mas na verdade, hoje, quando penso nisso, percebo que era comigo, só mais um golinho, que ela queria falar. Não há uns frutos secos ou umas rodelas de paio? Pois bem, era assim, ela via televisão enquanto eu bebia com os amigos e jogava sueca. Muito bem, por sinal. Via os jogos, ia ao estádio, e nunca tivemos filhos, nem um só para manter a demografia, que é mais uma coisa a desfazer-se. Comia as refeições que ela cozinhava e nunca, juro que é verdade, me esqueci de a criticar quando a comida estava salgada, mal cozida, insossa, malcheirosa.

Também me servi de um porto.

— É muito fácil destruir. Uma pessoa parte um raminho de uma árvore com apenas dois dedos, mas não consegue voltar a colá-lo nem contratando a NASA. Mais um golinho.

Os dedos dele, amarelos do tabaco, levaram o copo aos lábios.

— Não percebi quando ela começou a ficar mais magra.

— Não percebeu?

— Não percebi. No hospital, sentava-me ao lado dela, mas apenas no horário das visitas, porque depois ia jogar sueca. Enquanto me sentava ao lado da cama dela, nunca lhe peguei na mão. O Ulme aparecia todos os dias com um ramo de flores comprado na florista do mercado. Devem ser para o funeral dela, dizia eu. Brincava com aquilo porque me perturbava que toda a gente fosse mais simpática com ela do que eu. Quando a vi agonizar e chamar por mim, não fui capaz de lhe dizer o quanto gostava dela, sim, porque eu gostava dela, foi a rotina que me matou, e, naquele momento, não era capaz de a mudar, de mostrar as minhas emoções, de ser terno. Lágrimas, nem pensar, que era proibido enquanto Constantinopla não voltasse para as mãos dos gregos, e já lá iam séculos. Mas eu, no fundo, sou uma pessoa delicada, baixo-me para fazer festas aos cães, passo a mão pelos cabelos das crianças, ofereço presentes aos amigos, um porto ou isso, abraço-os confessando a minha amizade, mas com a minha mulher ficava com as palavras na garganta como se ela fosse minha inimiga, e tenho a sensação de que sempre que a insultava era apenas a minha maneira grotesca de dizer que gostava dela e que precisava dela. Vou encher outra vez. Cá vai para baixo. E mais outra vez. Não o quero deixar aí a envelhecer na garrafa, que ainda fica um porto de jeito. E o que aconteceu com a minha mulher? Nada, safou-se, os médicos disseram que foi um milagre, mas eu, quando ela estava mais para lá do que para cá, não fui capaz de lhe dizer uma única palavra simpática. Ao Ulme, por exemplo, era perfeitamente capaz de lhe dar um abraço sincero e de elogiar a nossa amizade, não era preciso que estivesse na hora da morte. Portanto, conclusão: não é que não tenha palavras dessas no vocabulário. Já o disse, não sei se me ouvem ou não, mas considero-me uma pessoa meiga, capaz de amar o próximo. Enfim, adiante, foi uma vida em conjunto, uma vida que não sei classificar, mas uma vida em que a tratava mal e a insultava. Nunca lhe bati, mas apoucava-a em frente de amigos e família e não a poupava em frente de estranhos. Mais um golinho. Era estúpida para aqui, era atrasada para ali. O Ulme revirava os bigodes, com aquele cheiro a cânfora, apertava os olhos, a repreender-me, e eu encolhia os ombros. Para cada pessoa que sente alguma luminosidade dentro dela há sempre uma outra com vontade de desligar o interruptor. Não é assim? Acho que é assim.

"No Natal, a Dália fazia sempre um bolo, sempre o mesmo, até no ano em que esteve muito doente, em que quase não conseguia andar, lá apanhou um táxi e veio aqui ao Tavares, porque não arranjava os ingredientes em mais lado nenhum para poder fazer o maldito bolo. Tive de a vir buscar porque caiu na calçada, agarrada aos frutos secos, ao cidrão, às sultanas, à garrafa de aguardente e ao porto. Chamei-lhe tudo o que me lembrei enquanto a levava para casa. Ah, e não houve Natal nenhum em que eu me esquecesse de lhe dizer que aquele era o pior bolo do mundo. Foram cinquenta Natais, mais Natal menos Natal, sempre a comer aquilo. Era uma espécie de religião.

"Todos os dias empurro um caixão. De quem? O meu. O que é que quero dizer com isso? Todos os dias empurro um caixão até ao dia em que cair para dentro dele. Imagine uma vida assim, mais um golinho, a empurrar um esquife. Não me olhe assim, a sua vida é igual à minha, nesse aspeto somos todos muito parecidos. Pergunta-me se não ia ter com a minha mulher? E vou, levo aqui os ingredientes, este Natal sou eu que faço a merda do bolo. Mas não vou para casa. Como assim? Agora, ela mora no cemitério da Amadora. Morreu? Sim. Morreu. Lamento. Lamentamos todos. Eu nunca lhe disse que a amava, pois não? Desprezei-a, pisei-a, foram anos, uns a seguir aos outros, a empurrar os nossos caixões, sem nunca lhe dizer obrigado, sem nunca lhe dizer que o bolo estava bom. Passamos a vida a encontrar defeitos nas coisas. Mais um copo. Só um bocadinho, até meio."

Foi até cima.

— Está bom.

"Agora, e porque não posso chorar, tudo o que me resta é isto: fazer-lhe um bolo."

O mais dramático de ouvir as vidas dos outros é perceber como, tirando os acidentes, em essência elas se tocam de uma maneira quase matemática. Eu e a Clarisse poderíamos ainda estar juntos. Mas seria assim, colados por um bolo e pela incapacidade de afetos genuínos, ou, pelo contrário, seria possível encontrar alguma beleza no meio da rotina?

— Eu e o Ulme éramos próximos — disse o grego. — Ele era louco pela Margarida. Quando a via na rua, molhava o indicador para saber de que lado soprava o vento e depois punha-se ao pé dela, a tentar engolir o vento que lhe passava pelos cabelos. Era uma coisa demente. Mas as irmãs Flores deixavam-nos assim a todos.

Vastopoulos esfregou os dois indicadores.

— Era um tipo decente — disse ele. — Tinha as suas coisas, mas quem não tem?

— Coisas como?

— Olhe, por exemplo, no dia em que tirou a virgindade à Margarida. Nem imagina a expectativa que ele criou em toda a aldeia, naquela noite ia deitar-se com ela, nós estávamos fascinados, parecíamos coelhos encandeados pelos faróis de um carro, olhos abertos, ouvidos abertos, não pensávamos em mais nada. Ele ia deitar-se com aquela mitologia toda e nós olhávamos para ele como olhávamos para o Cristo Jesus na igreja, devoção total. Então, ele combinou com a Margarida, segredou tudo o que tinha a segredar, poemas, flores e promessas, lua cheia, estrelas, e a nós cobrou-nos dinheiro para assistir. Eu dei toda a minha mesada, os que não tinham dinheiro deram em géneros, raquetes de ténis de mesa, rebuçados, vinho, cigarros, etc., e, no final, lá estávamos todos atrás dos arbustos a ver a primeira vez da Margarida, que mulher espantosa, nunca me esquecerei dos mamilos recortados ao luar. Ela pode ser cantadeira, mas aquele foi o melhor fado dela.

— Ele pôs a aldeia a vê-lo fazer sexo com a Margarida?

— E ainda ganhou dinheiro com isso. Foi sempre um tipo admirável nessas coisas, com visão. Fomos muito amigos.

— Algum motivo especial para essa empatia?

— Claro! O meu pai vestia-se de *haidouk*.

— O que é isso?

— Eram guerreiros que lutavam pelos pobres, roubavam aos ricos, uns Robins dos Bosques.

— E o que é que isso tem a ver com o senhor Ulme?

— Tudo. O meu pai lutava por Constantinopla, vestia-se a rigor, era simbólico, e o Ulme adorava isso. Ele também era um pouco assim. Sempre foi obcecado pelos pobres, pelas desgraças, e isso consumia-o. Começou a ser um bocado *haidouk*. Recolhia notícias dos jornais e fazia arquivos, era um mapa que usava para se guiar, para perceber pelo que lutava.

— Isso justifica os milhares de recortes de notícias que tem em casa.
— Sim, ele queria ser um *haidouk* como o meu santo pai.
— E depois, o que fazia com os recortes?
— Nada. O meu pai aparamentava-se todo, não nos deixava chorar, mas na prática não acontecia nada. Com o Ulme era a mesma coisa.
— Nada?
— Nada.
— Os recortes não serviam para nada?
— Iluminavam-lhe o caminho. Mas acho que ele lhes deu um sentido quando foi para França.
— Foi para França?
— Claro, exilado, isto não era lugar para pessoas que faziam coleção de desgraças. Foi com a Margarida e esse foi o período em que nós deixámos de nos ver. Trocámos uma ou outra carta, mas foi isso.
— E qual foi o sentido que ele encontrou para os tais recortes?
— Um *golem*.
— Um quê?
— Um *golem*.

Levantei-me muito cedo, entrei na casa de banho, tomei banho. Depois, sentei-me na retrete à espera que o espelho desembaciasse.

Lembras-te, pai, da primeira taumaturgia de todas, a que eleva a nossa infância a um lugar sagrado? A vida ficou em bicos dos pés, um bocadinho acima, uns centímetros acima de onde costumava estar. E que taumaturgia foi essa, perguntas-me. Muito simples, foi quando me ensinaste a fazer bolas de sabão. Ris-te? Onde é que pousei a toalha?

Estou em frente ao espelho, pai, vejo os teus traços nos meus, como se sublinhassem a minha vida. Onde é que pousei a toalha? Pai, fumámos um cigarro, o primeiro que fumei à tua frente, na varanda da nossa casa. Ah, cá está a toalha. Deixa-me só limpar o cabelo, que já continuo. Fumas, perguntaste, eu disse que sim e tirei um cigarro dos teus, do teu maço de *Ritz*, e atirámos fumo ao mesmo tempo, como uma orquestra. Ensinaste-me a fazer aros com o fumo, que foi a segunda taumaturgia da minha vida, a da adolescência. Correspondiam às bolas de sabão da minha infância.

— Um *golem*? — perguntou o senhor Ulme.
— Um homem artificial, faz parte da tradição dos judeus. É feito de barro, dizem-se umas palavras mágicas e aquilo começa a aspirar a casa e a limpar o pó.
— Sei muito bem o que é um *golem*, cavalheiro, só não percebo o que é que isso tem a ver com os recortes.
— Vou tentar explicar. Segundo percebi — disse eu ao senhor Ulme —, quando esteve em França frequentava uma pequena livraria chamada Humilhados e Ofendidos, que pertencia, ou pertence, a um homem chamado Isaac Dresner. Parece que ele lhe contou certa vez uma história que o impressionou, sobre a criação de um *golem*. Reconstruí essa história através de uma carta que o senhor escreveu ao senhor Vastopoulos, que se casou com a Dália Flores, e corroborei-a telefonando para Isaac Dresner. Por falar nisso, ficou muito triste com a sua doença e mandou-lhe um abraço sentido.
A história do *golem* é a seguinte:

* * *

Quando chegou da *yeshiva*, onde estudou os textos sagrados, Isaac Dresner encontrou várias flores espalhadas pelo chão da casa. Rosas, centáureas, copos-de-leite, dálias e petúnias. As raízes ainda tinham terra agarrada e havia um cheiro intenso a Primavera, uma Primavera que, por medo, não saía de casa, e deitava-se no chão, arrasada pelo Novembro que fazia lá fora.

Ao entrar no quarto da sua tia, Isaac encontrou-a ajoelhada no chão, a juntar um monte de terra com as mãos enquanto lhe misturava água com a ajuda de um jarro de metal que levara para o efeito. Tentava dar forma àquele bocado de barro, com as mãos magras e cheias de veias a quererem saltar do corpo e desgostos diligentes e alma saliente. Isaac perguntou-lhe o que se passava e ela expulsou-o do quarto com gestos largos e algumas palavras que não vinham no dicionário.

Isaac foi para a cozinha e sentou-se num banco de madeira pintado de branco. Pegou numa maçã e comeu-a.

Junto à janela da cozinha, no chão, estavam vários vasos empilhados e vazios.

A tia tinha juntado, no soalho do quarto dela, toda a terra que havia em casa, retirada dos vasos de flores, e moldava qualquer coisa que escapava à compreensão de Isaac.

O rapaz ouviu a tia sair do quarto algumas vezes, carregando livros que haviam pertencido ao avô.

Ao almoço, sentaram-se os dois à mesa e comeram em silêncio. Depois da refeição, a tia, visivelmente cansada, sentou-se no sofá da sala e adormeceu. Isaac foi ao quarto dela, devagar para não fazer estalar o soalho e não a acordar. O monte de terra assemelhava-se vagamente a um homem, tinha braços, mãos, pernas, cabeça, olhos, boca (completamente aberta, como se dissesse "o"). A tia, nitidamente, pretendera dar-lhe uma forma humana. No chão, além do Talmude e do *Sefer Yetzirah*, havia alguns velhos livros, folhas amareladas, todos eles abertos em páginas que explicavam como criar um *golem*, um homem artificial.

Isaac debruçou-se sobre a parte que seria a testa do homúnculo e viu a palavra *emet* (que significa verdade) escrita em caracteres hebraicos. Da cabeça saíam algumas raízes, uma tentativa ingénua de criar uma cabeleira.

Da verdade espera-se tudo, sem ironia, espera-se tudo na sua forma mais pura. Colar a verdade a um homem é a derradeira esperança. Criar um homem com a verdade no seu interior, na testa, no palato, é a mais perfeita nudez de qualquer ser humano. *Emet*. Muito simples. Uma palavra.

Umas notícias.

Mostrar o mundo.

Quando a tia acordou, Isaac perguntou-lhe para que era aquele homem de barro, o *golem*. Ela apertou as mãos e torceu-as junto ao peito, abraçou o sobrinho e suspirou, talvez para evitar chorar. Então, explicou a Isaac a sua tentativa absurda de evitar um holocausto, sussurrando com voz rouca, ao ouvido do sobrinho: O *golem* serve para combater os nazis.

Isaac achou que ela estava louca.

Mas nunca mais se esqueceu desse dia, não por causa do desespero da tia, mas porque entretanto se apercebeu das notícias da noite anterior: a noite que ficou conhecida por *Kristallnacht*.

— E o que é que isso tem a ver comigo? — perguntou o senhor Ulme.

— Segundo Dresner, quando o senhor ouviu esta história, achou que a palavra verdade não bastaria para acordar esse homem artificial, eram precisos exemplos, recolher tantos que seria uma vergonha para os homens ver como podem ser construídos de uma matéria tão negra. Se Deus existisse, hipótese remota, deveria ficar impressionado com a descrição dos horrores perpetrados pela Humanidade ao longo dos séculos. Se não existisse, que seria a hipótese mais provável, teria de ser o *golem* a despertar os homens. Em certa medida, somos todos homens artificiais, de barro ou pedra ou madeira, uns pinóquios que precisam de despertar para uma vida de carne e osso. O somatório dos horrores deveria ser capaz de provocar esse despertar.

— Que lirismo infantil.

— Talvez, mas o que é certo é que a partir daí o senhor começou a juntar recortes de jornais, começou a colecionar a maldade humana, e a prova disso é esta sala.

— E o *golem*?

— Quanto a isso, não percebi se a sua intenção era criar o tal homem artificial usando maldades em vez da palavra verdade ou se queria somente construir uma espécie de arquivo ou museu da perfídia.

À tarde resolvi esperar a Beatriz nos tempos livres, mas ela, quando me viu, correu para a professora, dando a sensação de que eu era alguém que a molestava de alguma maneira. Resolvi ir embora. Ao sair com o carro, cruzei-me com a Clarisse, mas ela não me viu.

Regressei a casa e à história do senhor Ulme. Voltei a ter a impressão de que os seus movimentos estavam um pouco lentos. Mexia-se muito devagar, por vezes desequilibrava-se. Pegava no jarro da água com demasiado cuidado e sentava-se de lado na cadeira. Alguma coisa estava errada e tentei convencê-lo a ir ao médico.
— Não adianta, não me quero envolver com esses carniceiros.
— Não acha que se passa alguma coisa?
— Talvez, deve ser o equilíbrio, as notícias não ajudam, o mundo não ajuda, anda tudo desequilibrado.

— Claro, mas contra algumas coisas podemos lutar. Eu levo-o ao hospital.

— Já lhe disse que não. Quando entramos nesses talhos nunca mais de lá saímos, descobrem sempre qualquer coisa para cortar, há sempre alguma coisa errada.

Servi-me de uma cerveja e não falei mais disso, mas no dia seguinte, ao caminhar com ele na rua, reparei que precisava de parar com alguma frequência, algo que antes não acontecia. Como estava ofegante, perguntei-lhe se era do coração.

— O coração está ótimo.

— Tomei a liberdade de lhe marcar uma consulta. É um médico amigo.

— Irra, que o cavalheiro é teimoso.

Acabou por ir, contrariado.

A consulta não adiantou grande coisa. Marcaram-se uns exames para a semana seguinte, mas foram inconclusivos, não se detetou nada, mas eu tinha a certeza de que havia alguma coisa errada.

Falei com outro médico, o Teixeira, com quem fiz a tropa e que se tornou um neurocirurgião conhecido.

Bati à porta do senhor Ulme depois de desligar o telefone e de ter posto o Teixeira ao corrente. O senhor Ulme atendeu de calças de pijama e tronco nu. Tinha manchas no peito, julgo que de seborreia. Perguntou-me se queria um café. Aceitei.

Falei-lhe do médico meu amigo. Vamos a Coimbra, disse-lhe. Ele baixou a cabeça.

— Não adianta.

— Adianta — contrapus. — Amanhã saímos às oito.

Jamais esquecerei o rosto dele a sair do talho, que era como ele chamava ao hospital. Eu estava na rua a fumar.

— Então?

— Parece que não vou viver muito tempo.

— O que é que se passa?

— Uma ataxia cerebelar ou cerebelosa, ou alguma coisa assim, sou muito mau com nomes técnicos.

— E isso é o quê?

— Degeneração de uma parte do cérebro, vai afetar toda a área motora, vou ficar lúcido, sem infância mas lúcido, preso dentro de um corpo que vai parar. Primeiro vou deixar de andar, depois deixarei de falar, de me mexer, deixarei até de sorrir. Acabarei os meus dias numa cama a ser alimentado por um tubo que me será enfiado diretamente no estômago, mas a cabeça continuará lúcida e não perderá faculdades, além daquelas que me foram roubadas pelo aneurisma.

— Meu Deus.

— Efetivamente. O grande torcionário que criou o Universo também criou as torturas mais excêntricas. Qual é o algoz capaz de competir com ele?
— Bom, mas não há uma operação possível?
— Não. Nem medicação. Podemos experimentar uma série de medicamentos para a doença de Parkinson, tentar a sorte e arranjar uma mistura que possa atrasar um pouco o inevitável, mas o talhante seu amigo tirou-me qualquer esperança. Posso ficar sem me mexer em poucos anos. Pode levar quatro ou cinco, pode levar menos, depende. No meu caso, creio que será mais rápido, os sintomas já estão adiantados.

A Violeta Flores tinha muito má impressão do senhor Ulme, mas consegui, após alguma insistência, falar com ela. Contou-me uns episódios que o senhor Ulme protagonizou, com cartões, sinais e carimbos. Começou com um ato pueril, quase uma piada. O senhor Ulme decidiu um dia trocar a sinalética das casas de banho de um restaurante, a das mulheres pela dos homens. Segundo a Violeta "teve piada, a confusão que se gerou, era um restaurante de luxo num segundo andar, por cima de uma casa de pasto modesta. Naquele tempo, veja bem, as ementas eram gravadas em chapa, sandes de carne assada, pratos de caracóis, não mudava nada. A única coisa que se via rasurada eram os preços. O dinheiro é que move isto, muda tudo".

De acordo com a Violeta Flores, o senhor Ulme achou piada àquela cena e poderia ter ficado por ali, mas, aos poucos, foi-se apercebendo do poder imenso que se tem com as palavras que são escritas, com as frases gravadas em chapa, com os carimbos, com o lacre. Começou a ter planos mais ousados, mais perigosos. Não sei se matou alguém com essas brincadeiras, mas segundo a Violeta Flores sempre acalentou essa possibilidade. Substituiu, numa quinta, um "cuidado com o cão" por um singelo "bem-vindo". Depois, houve uma altura em que se dedicou à indústria e à maquinaria pesada: Onde dizia "perigo, alta voltagem" passava a ler-se "prima para entrar". As placas de "em caso de emergência puxe a alavanca azul para cima" eram substituídas por algo como "em caso de emergência empurre a alavanca vermelha, tendo o cuidado de manter a alavanca azul em baixo".

— Ele fazia isso?
— Fazia.
— Tenho alguma dificuldade em acreditar.
— Acredite no que quiser.
— Não parece coisa dele.
— É exatamente ele.
— Talvez.

Segundo a Violeta Flores, o senhor Ulme chegava a casa dela, cruzava as pernas no sofá e contava-lhes isto, a ela e ao marido, com ar de orgulho. Todos os dias lia os jornais e procurava acidentes que ele próprio pudesse ter causado. A Violeta Flores nunca teve a certeza de ele ter sido objetivamente responsável por casos fatais, mas acreditava que estes tivessem ocorrido.

— Acha que ele matou alguém com essas brincadeiras?
— Com certeza.

As pessoas fazem o que lhes escrevem para fazer, isso é verdade. Fazem-no com uma cegueira muito maior do que se lhes fosse ordenado oralmente. Mais tarde, segundo a Violeta Flores, o senhor Ulme lembrou-se de criar cartões pessoais. Foi engenheiro, médico, polícia, foi casado com uma circassiana ruiva, foi quase tudo.

— É muito simples, entregamos um cartão e toda a gente acredita em nós. Imagine um papel A4 com um carimbo. Há alguém que duvide de uma carta lacrada?

O senhor Ulme, disse-me a Violeta, burlou dezenas de pessoas, crentes da palavra escrita como se fossem as tábuas da lei. Um ato à Moisés. Uma pessoa aparece com umas pedras gravadas e uma lista de compras do supermercado torna-se uma religião. Tem é de estar gravado.

— Nunca ganhou dinheiro com isto, nem teve qualquer proveito pessoal?

— Por quem o toma? Sempre o fez por maldade, pura e simples, sem segundas intenções.

A Violeta Flores disse para eu olhar à minha volta. A publicidade não passa disso. O mesmo poder. Só que é interesseira, engana as pessoas para ganhar dinheiro ou quaisquer outros proveitos. Fama, por exemplo. Reafirmou que, com o senhor Ulme, "era sem segundas intenções, era genuíno, era a maldade sem mais nada". Não era inocente, longe disso, não era como uma criança que puxa um gatilho sem saber o que é uma arma. O senhor Ulme, assegurou-me ela, sempre soube o que fazia, milimetricamente, geometricamente, libidinosamente. Mas nada para além disso, nenhum proveito.

— Porque é que o fazia?

— Bom, podemos começar pela infância dele. Via-se-lhe a crueldade nos olhos, só a minha irmã é que não percebia isso.

— Foi uma grande paixão?

— Infelizmente.

— Ouvi falar de um homem artificial, um *golem*...

— Maluquices que ele trouxe do estrangeiro quando esteve em França com a Margarida.

— Ele tentou criar um homem artificial?
— Credo, não.
— Então?
— Então o quê?
— O senhor Ulme tem o quarto cheio de recortes de jornais.
— Provavelmente, das maldades que fazia com as placas que trocava.
— Não me parece que seja isso.
— Eu tenho a certeza de que é isso.
— Ele anda com uma chave pendurada ao pescoço. Sabe alguma coisa sobre isso?
— Não faço ideia, já experimentaram nas portas de casa?
— Sim.
— Talvez de um cofre.
— Não é esse tipo de chave.
— Talvez seja de alguma das suas propriedades no campo.
Como é que eu não me tinha lembrado disso?

A senhora que se sentava ao meu lado tinha uma estola de raposa (com o calor que estava!) e falava com sotaque do Leste.
— Sou de Balaclava.
— Eu sou da Pontinha.
— Isso é onde?
— Perto de Benfica.
— Ah. Eu nasci longe de tudo. E agora vivo em Portugal, mas é outra maneira de estar longe de tudo.
Afagou o *pug* que levava ao colo.
— Compreendo.
As pessoas amontoavam-se no hospital, não havia camas para toda a gente, um homem com o nariz aberto ao meio, verticalmente, estava numa maca no corredor. Por baixo dele, no chão, estava uma mulher, o rabo branco a aparecer das fraldas, deitada de lado, com um líquido castanho a sair-lhe da boca.
— Isto faz-me lembrar a guerra da Crimeia, estes des-

pojos das políticas europeias, da austeridade. O vosso sistema nacional de saúde foi bombardeado.

— Isso não é possível, essa guerra foi há cento e cinquenta anos.

O homem com o nariz aberto ao meio deu dois gritos secos e muito altos, uma enfermeira tentou acalmá-lo.

— Sim, mas e o que fica de tudo isso? Julga que a guerra é um capítulo nos livros de História? Não, entranha-se geração atrás de geração.

— Talvez.

— Ruga atrás de ruga, uma guerra leva muitos anos a construir, não é só bombardear coisas e vê-las ruir. É preciso alimentar o ódio, cultivá-lo, isso tudo. É como com as plantas, regá-las, amá-las, falar com elas. Esperar que cresçam, que dêem fruto, que sejam belas. A guerra é igual, é um vaso com uma flor. A beleza de tudo está no ódio a florir.

— Isso tem alguma beleza?

— Tem toda a beleza do mundo. Por isso é que eu odeio o mundo. A tristeza emociona-me. Não vejo um filho durante sete anos e depois reencontro-o. Choro e abraço-o. A tristeza, a tragédia faz-me feliz. E isso só pode ser odiável.

O senhor Ulme saiu das Urgências, apoiado na bengala que eu lhe oferecera.

— Vamos sair deste talho rapidamente, que me está a deixar agoniado. O que os sátrapas fazem ao povo! Ouviu ontem um deles dizer que não podemos fazer tudo para salvar vidas?

O senhor Ulme tirou um recorte de jornal do bolso com a notícia em questão. A cara do homem que disse isto era a do primeiro-ministro.

* * *

— O que é que disse o médico?
— O mesmo que os outros talhantes anteriores, nada a fazer. Eu avisei-o que nada disto adiantaria.
— É bom ter segundas opiniões.
— Já vou na quinta opinião e começo a ficar entediado com elas, são sempre as mesmas.
— Podia ser mais concreto, dizer-me exatamente o que lhe disse o médico?
— Isso não me molha a pantufa.
— Quanto tempo lhe deram de vida?
— A eternidade. Estou cada vez mais próximo dela.
— Deixe-se disso. Estou a falar a sério.
— Eu também. O que é que interessa se vivo mais um ano, mais um dia, mais um pôr-do-sol, mais um moscardo, mais um pezinho de dança no terraço? Altitude! Precisamos de desejar mais do que aquilo que nos dão.
— E quanto é que lhe deram?
— Deram-me a porra da esperança, que é infinita. Se uma pessoa consegue acreditar na política, na sociedade, numa vitória do Sporting, então o que é que custa acreditar na eternidade?
— O que é que lhe disse o médico?
— Quatro anos, dois anos, menos, ninguém sabe, muito menos um médico.

Pelos testemunhos contraditórios que tinha reunido sobre o senhor Ulme, decidi voltar à aldeia, numa viagem rápida, pois estava cheio de trabalho e, como de costume, muito atrasado. Comecei por confrontar o padre com os vários testemunhos que recolhi. Ele ignorou-me. Acredite em quem quiser. Voltei a insistir no assunto da chave. Fez um gesto de enfado: uma abominação, esqueça isso. Mudei de assunto:

— Como é que morreu o pai do senhor Ulme?
— Como todos os homens, agarrado ao coração.
— Nem todos morrem assim.
— Morrem, sim senhor.
— Do coração?
— Sim, do coração.
— E se for atropelado, por exemplo?
— Não importa a maneira como morre.
— Não?
— Não.

— Então?
— Então o quê?
— Se não importa...
— Morremos todos agarrados ao coração. Já vi muita gente morrer e sei o que digo. Morremos dezenas de vezes no momento fatídico, morremos por não termos dado um beijo a um filho, por não termos perdoado um irmão. Uma pessoa cai ao chão fulminada por um raio e morre estas mortes todas, morre por não ter dado a mão a um amigo, morre por ter espancado uma mulher, morre por ter insultado a mãe. Morremos todos assim, várias mortes enfiadas numa só morte, agarrados ao coração.
— E o pai do senhor Ulme?
— Também morreu assim, somos todos cardíacos.
— Padre?
— Sim?
— Podia ser mais específico?
— Mais específico do que isto?
— Sim.
— Quer saber se o pai do Ulme morreu de uma doença ou de um acidente?
— Mais ou menos isso.
— Morreu do coração.
— Literalmente ou metaforicamente?
— Qual é a diferença?
— Tem razão.
— Mas respondo-lhe: enfarte do miocárdio.
— Obrigado.
— De nada.

* * *

A dona Eugénia acha que o padre é boa pessoa, um homem que se alimenta da Bíblia, mais do que de comida. Para o marido dela, o padre é um "daqueles depravados" que gostam de meninas novas e de queimar beatas nas coxas e apanhar chibatadas.

— A veracidade é uma forma de ficção — comentei.
— O quê?
— Nada.
— Se não quer dizer não diga.
— Não é importante, foi uma tolice qualquer.

Enquanto caminhávamos para o Café Mário, ele pisou uma lagarta e disse:

— Esta já não vai para borboleta.

Ao entrar no café, ele disse ao Mário, da porta:

— Duas minis, paga este senhor.

Perguntei-lhe porque não gostava do senhor Ulme.

— Era como toda a gente.
— Como assim?
— Um cabrão igual aos outros.
— As pessoas são todas más?
— O gajo era rico, nasceu numa casa feita de ouro. O que é que se pode esperar de alguém assim?
— Ouvi dizer que chutavam a bola contra a cabeça do Almeida.
— Do deficiente?
— Sim.
— Não me lembro disso.
— Não?
— Não. Jogávamos à bola, mas o Almeida não podia,

que andava numa cadeira de rodas. Ninguém o levava para assistir, sequer.

— Ainda é vivo, não é?
— Se achar que aquilo é viver.

Paguei as minis e fui tentar falar com o Almeida.

Vivia numa casa de gaveto, perto dos Correios. Bati e atendeu uma senhora de quarenta e tal anos, cabelo pelos ombros, óculos de massa, calças justas. Disse-lhe que queria falar com o Almeida, expliquei-lhe quem era e o que pretendia. Deixou-me entrar, perguntou se queria um café, disse-lhe que sim, que queria, ela trouxe uma bandeja com dois bolinhos e uma chávena e a seguir trouxe o Almeida. Apresentei-me, disse-lhe que queria saber sobre a infância do senhor Ulme. Quer saber o quê, perguntou ele, e eu respondi: o que se lembrar.

— Não tenho nada a dizer.

A voz saía-lhe embrulhada, não era fácil percebê-lo.

— Não se lembra de nada?
— Lembro, mas não há nada de especial.
— As irmãs Flores?
— Eram bonitas.
— Costumava jogar à bola?
— Está a gozar comigo?
— Não, eu...
— Estou aqui sentado desde sempre. As Flores nunca olhavam para mim, como aliás toda a gente, era como se fosse paisagem. Um vegetal, não é assim?
— Tratavam-no mal?
— Não queriam saber. E eu prefiro assim do que olharem-me com pena. Bom mesmo seria se me tratassem mal. Seria porque não tinham pena e significava que eu

não era só paisagem, era mesmo uma pessoa. Uma pessoa como as outras, está a ver? Daquelas de carne e osso. Podiam bater-me, mas nunca tive essa felicidade, deixavam-me encostado a um canto, era um bocado de lixo, sempre fui. Daqueles bocados de lixo que ninguém sequer se dá ao trabalho de apanhar e deitar no caixote. Fui sempre um bocado de lixo desses.
— Portanto, não o tratavam mal.
— ...
— E a chave?
— Qual chave?
— A que ele traz pendurada ao pescoço.
— Estou cansado. Boa tarde.

O tempo foi passando, sempre daquela maneira perversa que ele tem de passar, um minuto atrás do outro, parece que é uma coisa subtil e de repente passam-se anos. O espelho reflete sempre alguma coisa mais velha, os espelhos têm esta tendência hedionda de refletir coisas sempre mais velhas. O senhor Ulme já quase não anda. A bengala de pouco lhe serve. E eu nunca mais falei com a Clarisse, é sempre através do irmão que trato de quaisquer problemas que surjam.

Agora a Beatriz passa os fins de semana comigo, a princípio obrigada, entretanto resignada. Porém, como gosta muito do senhor Ulme, não é um sacrifício imenso. É essa a única ligação que ainda mantenho com a Beatriz, o senhor Ulme é uma espécie de boia de salvação para nós.

Sou um espectador da vida da minha filha, mais do que um pai. Ontem passou a tarde com ele e eu fiquei sentado a assistir.

— Uma bengala é um guarda-chuva para dias de sol — disse ele à Beatriz.
— É?
— Sim, olho para ela e tenho sempre esperança de que o dia de hoje seja luminoso, sem nuvens, que dê para caminhar junto ao rio.
— E dá?
— Nem por isso, mas eu ameaço o tempo com a bengala, dizendo: este é um guarda-chuva para quando não chove.

Disse-lhe para ele se sentar, mas ele recusou.

— Estou com hemorroidas. Nunca ninguém me disse como é que se limpa o cu numa situação destas. O coveiro lá me explicou que deveria pressionar o papel higiénico contra o buraquinho em vez de o esfregar.

— Também não sabia disso – disse eu, tentando fazer parte.

— Bom era que — continuou ele —, como os antigos egípcios, tivéssemos ao nosso dispor um profissional só para nos manter os intestinos em ordem. No tempo dos faraós essa profissão tinha um nome: "pastor de ânus". Um médico só para nos pôr as tripas a funcionar convenientemente de modo a defecarmos com eficácia. Não se agarraria aos pelos, não deixaria a sua marca persistentemente, conservaria as nalgas imaculadas. — Mais uma gargalhada da Beatriz. — O papel higiénico tornar-se-ia quase obsoleto, servindo somente como prova de um trabalho bem feito. Um pedaço de papel manchado é como uma reclamação escrita. O escaravelho, disse Ésopo, foi o único a chegar ao Céu, foi o único a ver Zeus ou Deus, ou lá como se chama o sátrapa. Este escaravelho que os egípcios adoravam, como sabe, gosta de empurrar bolas de estrume, ou seja, ao mexer com a porcaria vão parar ao Céu, já aconteceu com os bandidos que foram crucificados juntamente com Cristo, e temo poder vir a acontecer com os sátrapas que nos governam e cujas caras aparecem aumentadas em *outdoors*, mas nem por isso nos fazem lembrar que não temos memória. Bom, avante, Trigeu subiu pela mesma escada que serviu a Jacob, a escada que liga o Céu e a Terra como o faz também a nossa coluna, o esteio da verticalidade humana. Uma extremidade na cabeça, a outra no cu — mais uma gargalhada da Beatriz —, é assim o caminho para os Céus, da bola de estrume ao lugar mais higiénico. Entremos mais dentro na espessura, por amor de Deus, entremos mais dentro na espessura.

Pôs um disco de Charlie Parker.

— A música, antes dele, era como limpar a casa sem a possibilidade de chegar àquela área debaixo do sofá ou a certos recantos. O Bird fez com que as notas chegassem a todos os lugares. Ouça, cavalheiro.

— Estou a ouvir.

— Com atenção. Altitude! Olhe como a sua filha está concentrada, com os olhos fechados e com aquele sorriso que é preciso conhecê-la muito bem para saber que está lá. Ouça!

— Estou a ouvir.

— Por acaso — disse ele, deixando cair os braços ao longo do corpo —, ando com um zumbido no ouvido esquerdo.

— Acha que é da ataxia?

— Sei lá. Às vezes penso que é o ruído primordial, é o barulho do próprio Universo, está a trabalhar na cave do mundo, por baixo de tudo, e eu ouço-o. Juro que o ouço, é o ressonar de Deus, que descansou ao sétimo dia e ainda hoje está com a cabeça encostada ao sofá do tempo, com a boca aberta e a televisão ligada.

— Um ruído místico.

— O problema é que não me deixa ouvir o Bird como deve ser.

— Mas ouve o ruído do mundo.

— Quero lá saber do mundo. Deus não se compara a Charlie Parker, cavalheiro, e eu já decidi há muito tempo qual dos dois faz o melhor ruído.

A mãe apareceu em minha casa, de surpresa.
— O que achas do meu novo penteado? — perguntou.
— Acho que sim.
— É uma ingratidão absoluta, carregamos os filhos no ventre, educamo-los, o amor que lhes damos é tanto que deixamos que nos roam os mamilos para mamar, que nos roubem o sono, vocês são uns bandidos, levam-nos tudo, e nós só damos, não paramos de dar, pagamos a escola, o curso superior, os sacrifícios que fazemos, as horas de preocupação, as rugas, os cabelos brancos, e quando mudamos de penteado dizem que acham que sim.
Passou a mão pelos cabelos, aproximou o rosto do meu:
— Achas mesmo que sim?
— Não sei elogiar penteados.
— Deve ser preciso um curso para dizer: estás muito bonita, mamã. Serve-me um vermute com gelo e limão. Esta casa, sem uma mulher, está um caos. O que é aquilo nas paredes?

— São livros.

— Aquilo não são livros, são armadilhas de pó. Existem mais ácaros numa sala, não sei se sabes, do que seres humanos no mundo inteiro.

— Isso é factual?

— Li numa revista.

— Realmente, o mundo anda a precisar de uma limpeza.

— Começa pelos livros.

Revirei os olhos.

— Faço um mausoléu de coisas, mãe. Uma ode ao capital, olhe à sua volta. Toda a minha vida trabalhei para criar esta tumba de objetos dos quais não usufruí, pois nunca tive tempo para o fazer. À minha volta construí este cemitério, cuja matéria-prima foram vinte anos de trabalho, de sangue, de alma. Estes objetos inúteis, vasos, tecnologia ultrapassada, livros com fotografias de Kuala Lumpur e Timbuktu. A minha vida foi trocada por objetos patéticos, que se riem da minha estupidez. Dei o meu sangue todo, vendi-o por pedras que me enterrarão e são palavras de escárnio sussurradas ao meu ouvido: uma vida a trabalhar pelo vazio que te oferecemos nas estantes de mogno, nas paredes pintadas de azul-cobalto, tinta importada de Damasco, mãe, de Damasco, nas veias entupidas de gordura, na memória esgotada, neste anel de prata etíope que uso no dedo anelar, no lenço de seda no bolso do casaco italiano que uso em casamentos e funerais, nas louças chinesas do armário de abeto.

— Parece-me que continuas deprimido. Tens alguma coisa que se coma? Um chá e uns bolinhos? Onde é que vais?

— À casa de banho.

Fui até à praia. Mar chão. Areia muito branca. Sentei-me a ver o mar. Não sei se teimoso se indeciso, com pequenas ondas empurrava uma garrafa de plástico para a frente, de seguida puxava-a para trás. Insistia, recuava, voltava a tentar. Apercebi-me da enorme solidão que me atormentava, sentia a sua presença como se fosse um estranho que se tivesse sentado ao meu lado e tivesse encostado a cabeça ao meu ombro. A solidão deve ser a única emoção que não conseguimos partilhar, se o fizermos ela desaparece. Eu e a garrafa de plástico passámos a tarde, depois de a mãe ter saído, a não ir a lugar nenhum, para trás e para a frente, numa respiração metódica, mecânica, sozinhos numa praia, sem saber se estamos a ser empurrados para alto-mar ou para a areia da costa.

A Clarisse uma vez beijou outra mulher. Encostou os lábios aos da outra e deixou-os ficar. Depois fizeram amor. Não consigo imaginá-la a amar uma mulher. Parece-me que não combina com ela, assim como calçar sapatos diferentes, e, sem dar por isso, sair à rua com o esquerdo de couro castanho e o direito de camurça azul.

É algo que não bate certo.

Não consigo falar com a Clarisse, não só porque ela se recusa a fazê-lo mas também porque tenho medo, um receio infantil, atávico talvez, de me deparar com os anos mortos que passámos juntos. O nosso passado era um cadáver que dormia na nossa cama, entre os nossos corpos. Era terrível.

Não lhe perdoo ter-me traído com o Mendes, sei que é uma maneira egocêntrica de ver a nossa relação, mas não consigo perdoar. Na verdade, a traição é apenas um sintoma, uma consequência de alguém que não tem consideração pelo outro, que deixa um chapéu em cima da cama. Os detalhes mostram a verdadeira natureza das pessoas. Percebemos que árvore teremos no futuro se conhecermos as sementes que temos nas mãos. São uns meros caroços nas relações, mas, é importante sublinhar, nessas atitudes aparentemente ingénuas encontramos a essência, a verdadeira natureza da alma.

 A Clarisse também não me perdoa a mim, apesar de não ter nada a ver com a Samadhi. O que ela não perdoa em mim é o facto de ter deixado de a amar e de olhar para a sua nudez como quem olha para o chão da calçada ou para os azulejos brancos de uma casa de banho pública. Nunca me disse isto, mas sei que é assim, não foi fácil chegar a esta conclusão: foi num dia, ao beber um café na Pastelaria Deliciosa, que tudo ficou claro. Foi como se me tivesse queimado no céu da boca e na língua ao beber uma bica demasiado quente. Então percebi. A Clarisse não me perdoava a indiferença. Não queria saber se eu comia mulheres na casa de banho do jornal, mas era-lhe impossível conviver com um homem que a atravessava com o olhar, que a usava como se ela fosse uma janela. Era isso que a atormentava, ter-se transformado em vidro.

O senhor Ulme, sempre que está com a Beatriz, ensina-lhe o nome de uma flor. Em latim, que é a maneira de não nos perdermos com os nomes populares e o regionalismo.

— As flores têm um nome essencial — dizia o senhor Ulme quando entrei na sala —, um nome em latim, que é um osso universal e que está debaixo dos outros nomes. É como nós, Beatriz.

— Também temos um nome em latim?
— Temos um nome universal.
— Como é que se sabe esse nome?
— É o nome da pessoa que amamos. É uma ideia tão bonita que parece uma letra pimba: experimenta pronunciar o nome da pessoa que amas e vais ouvir o teu verdadeiro nome.
— A mamã?
— Deve ser.
— O nosso verdadeiro nome é o nome de outra pessoa?
— Evidentemente.

— Já percebi.
— Não, estava a brincar, doce Beatriz. O teu nome é o que está no cartão de cidadão, é aquele número lá no canto.

— As maçãs — disse o senhor Ulme à Beatriz — nasceram numa floresta do Cazaquistão, coitadas, mas pensaram numa coisa: vamos utilizar estes bípedes pentadáctilos, os seres humanos. Vamos ser doces, pensaram as maçãs, e os homens, cujo

— Gosto muito de maçãs — disse a Beatriz.

"cérebro só pensa em guloseimas, caíram na armadilha. O nosso cérebro, diáfana Beatriz, está treinado para encontrar açúcar, o açúcar é raro na Natureza, tem calorias, sempre nos foi precioso, mais do que o papel de Mamon. E as maçãs sabiam disso, sabiam disso muito bem. Puseram os homens a cultivá-las, a fazê-las medrar pelo mundo todo. De um cantinho do Cazaquistão para o resto do mundo,"

— As maçãs são espertas?

"apenas fazendo com que os homens obedecessem à sua vontade de expansão, apenas em troca de açúcar. Bem vistas as coisas, foi um comércio mais fácil do que oferecer contas aos índios. Um bocadinho de açúcar e os homens passam a trabalhar para nós, milhões de agricultores, fábricas, serviços. Foi bem pensado."

— Elas pensam?

— Pensam, mas não como nós, queridíssima Beatriz, pensam devagar, um pensamento delas demora muito a ser formulado, mas entranha-se no mundo como uma doença. As flores, imponderável Beatriz, foram a maneira de as plantas se reproduzirem sexualmente, de haver maior variedade genética e de essa variedade poder adaptar-se com mais rapidez a qualquer mudança, perigo

— Reproduzirem sexualmente?

"ou circunstância. As flores fizeram-se bonitas para atrair insetos. Mas também graças ao açúcar. Mas não é só isso, as flores não são verdes, porque as plantas decidiram fazer os insetos cegos ao verde, para eles aquilo é uma massa cinzenta, eles só vêem as cores, as flores, foi bem pensado. Nós, os homens"

— Para os insetos o verde é cinzento?

"fomos manipulados quase da mesma maneira, para apreciarmos esteticamente uma flor, temos o mesmo gosto que uma abelha. Uma abelha, tenho a certeza, seria perfeitamente capaz de elogiar um Modigliani ou um Chagall. Olhamos para elas, gostamos delas, pomo-las em jarras, oferecemo-las quando casamos, quando morremos, quando celebramos"

— A mamã põe flores em jarras, é bom, cheiram bem e são bonitas, a sala fica...

"aniversários. Oferecemos o sexo das plantas, é ironicamente bonito, ou seja, apreciamos a nudez da nossa espécie e a das plantas. Uma planta a exibir o seu sexo é tão esteticamente perturbador como um Deus grego a caminhar nu pela Rua Augusta ou aquelas senhoras de peitos aveludados das revistas do teu pai, que abrem as pernas como se estivessem a parir um filho invisível. Entremos mais dentro na espessura, entremos mais dentro na espessura. As tulipas são o auge desta pornografia, também vieram da Ásia central, do Cazaquistão ou assim, como as maçãs,"

— São doces, as maçãs.

"desenvolveram a sua beleza de um modo tão penetrante e venial que se tornaram universais, valiosas, tão valiosas que são uma das melhores histórias sobre especulação financeira de que há memória. As flores, as tulipas. As flores!"

— Também gosto de tulipas!

"Foram tão cobiçadas nos Países Baixos que os bolbos valiam fortunas, as pessoas compravam esses bolbos, ou seja, tulipas que ainda não nasceram, e investiam em coisas que ainda não existiam, trocavam terras e imóveis por flores, depois esperavam que nascessem raiadas, que eram as mais cobiçadas. Cresciam assim por causa de um vírus, mas nem sempre acontecia nascerem doentes. Valiam mais do que quintas e casas e prata. Enfim, especulação. Entremos mais dentro na espessura, entremos mais dentro na espessura. Faz lembrar alguma coisa, não é? Criaram uma bolha que lhes rebentou nas mãos, um dia o preço das tulipas caiu vertiginosamente, andava tudo endividado e o que tinham eram apenas bolbos."

— E já não nasciam tulipas?

— Nasciam, mas não valiam nada.

À noite, a Beatriz, que quase não falava comigo, disse-me com ar preocupado:

— O senhor Ulme diz que me entrou uma lagarta pela boca e que um dia irá comer-me por dentro.

— Não é verdade, Beatriz.

Mas ela não acreditou em mim.

Tentei dissuadir o senhor Ulme de falar com a Beatriz daquela maneira cínica que ele usa para descrever o mundo à sua volta.

— O cavalheiro não aprecia a verdade?
— O senhor não é dono da verdade.
— Felizmente que não, ainda bem que não sou dono da verdade, que não tenho tempo de lhe dar comida e levá-la a passear no jardim e apanhar-lhe o cocó com um saco de plástico.
— A Beatriz é uma criança e o senhor vai acabar por magoá-la.
— Como o cavalheiro fez com ela?
— Eu não...

Fiquei tão furioso que não soube o que dizer, virei as costas enquanto o ouvia sussurrar entremos mais dentro na espessura, entremos mais dentro na espessura, entremos mais dentro na espessura. Durante dois dias não lhe dirigi a palavra, nem quando recebi um enorme ramo de flores que era um cartão que dizia: Desculpe. Não dizia nada, mas era isso, cheirava a isso, tinha a cor disso. Uma palavra feita de flores. Por algum motivo, aquela palavra escrita botanicamente, digamos assim, tinha uma estranha sacralidade, dava-me a sensação de que não precisaria nunca mais de uma outra palavra além daquela. E, quando penso nisso, talvez seja assim, é a estrada que vai de uma pessoa a outra, é a palavra que diz que não sabemos tudo, que erramos. Aquela palavra composta de flores pareceu-me a pedra angular da Humanidade.

Bati à porta do senhor Ulme, ele apareceu em tronco nu, chave pendurada ao peito. Senti-me ridículo, com o ramo na mão.

— Está perdoado — disse-lhe. — Fico feliz que perceba que certas conversas não são para se ter com uma criança.

— Não lhe pedi desculpa por causa disso.

— Não?

— Não, pedi desculpa por ter sido demasiado duro com os seus erros e com o modo como educa a sua filha.

Veio-me um sabor azedo à boca, atirei as flores ao chão e pisei-as, mais aquela estúpida palavra que não estava propriamente escrita, mas cheirava por todo o lado, era demasiado presente. Voltei para casa e bati com a porta. Não voltaria a falar com ele, decidi.

O fim de semana seguinte foi um desastre. Quando disse à Beatriz que não poderia voltar a casa do senhor Ulme, fechou-se no quarto. Se antes praticamente não falava comigo, sim, não, sim, não, a situação piorou até ao silêncio absoluto. Não sabia o que fazer, se aguentaria mais aquela situação. A questão é que quando ela estava com o velho eu ouvia-a conversar. Não falava comigo, mas ouvia--a falar.

Decidi, por motivos menos dignos e talvez egoístas, falar com o senhor Ulme.

— Prometa-me que não volta a ter conversas dessas com ela.

— Nem pensar, cavalheiro. A educação, para mim, é um assunto muito sério.

Encolhi os ombros, derrotado.

Falei com a Clarisse.

Tanto tempo depois, voltámos a falar. Quando fui buscar a Beatriz, desceu as escadas. Ficámos uns segundos em silêncio. Eu tirei um cigarro, não que me apetecesse fumar, mas por causa do desconforto da situação. Não sabia o que fazer ou o que dizer. Como estás, perguntou ela, bem, disse eu.

— E tu?

— Vai-se andando.

Trocámos mais umas frases sobre a Beatriz, como ela cresceu, as coisas que ela diz e como nos surpreende com uma maturidade que parece muito além da sua idade.

— Estás com bom ar — disse-lhe.

Estava mesmo, não foi só conversa, talvez um pouco mais magra, mas luzidia.

— Obrigada.

— É sincero.

— Também não estás mal.

— Tenho corrido.

Não era bem verdade, mas senti que deveria mostrar alguma mudança na minha vida, daquelas saudáveis.

— Acho que se nota isso.

— Isso, o quê?

— Que tens corrido.

Levei por instinto a mão à barriga, encolhendo-a um pouco.

Apaguei o cigarro, ela despediu-se, disse que ia buscar a Beatriz, e foi isto.

Dois meses depois, comprei uma cadeira de rodas ao senhor Ulme.

A sua situação piorava rapidamente. Começava a ter dificuldade para falar e eu já quase nunca o compreendia, tinha de lhe pedir que repetisse, e por vezes simplesmente desistia e tentava perceber o que dizia pelo contexto.

A Beatriz, no entanto, compreendia sempre, como se falasse também aquela língua entaramelada.

Algo como hdjehhdhhdhdhhdhfhfhdhd para ela era claro, objetivo e nunca apresentava qualquer dúvida. Respondia de pronto.

— VamoddfJfjjfjfajfjjffjfjpakrkkrkkrk?

— Sim, vamos ao parque.

E eu perguntei, ele quer ir ao parque? A Beatriz respondeu que sim e lá fomos nós.

O parque estava cheio de gente e isso aborreceu o senhor Ulme. Sentámo-nos os três na relva, estava sol, apesar do frio, e eu olhava para a Beatriz. O recorte do seu rosto contra o céu fez-me recordar o dia em que morreu o peixinho que eu e a Clarisse lhe tínhamos oferecido quando fez cinco anos.

Ficaste à janela, Beatriz, durante horas, a dizer adeus para o céu, porque a mãe te disse que tinha sido para onde o peixinho teria partido. E voltavas à janela assiduamente nos dias seguintes, na esperança de veres no céu o peixe vermelho a voar. Um dia perguntaste se não vivíamos num aquário, se o céu não era igual ao vidro redondo do aquário dos peixes. Disse-te que não, mas que era pertinente, era sim senhor, e que em certo sentido poderias ter razão. É claro que, logo no dia seguinte, soubeste por um amigo da escola que existiam peixes voadores e trouxeste um livro para mos mostrares. Talvez um dia vejas o teu peixe no céu, Beatriz, e ele dê umas voltas à tua frente, como fazia quando vivia no aquário de vidro. Ou talvez voltes a olhar para mim como olhavas nessa altura e nos abracemos. Daremos um abraço daqueles que fazem com que duas pessoas se confundam numa só.

Lanchámos os três na Deliciosa. Por esses dias a minha relação com a Beatriz tinha melhorado consideravelmente, primeiro por causa da felicidade que ela sentiu quando lhe disse que poderia voltar a visitar o senhor Ulme e depois por ela ter de servir como uma espécie de intérprete entre ele e eu. Não era a relação que tínhamos antes, não me abraçava, não me beijava (entregava-me a cara fechando os olhos), mas já falava comigo.

A Beatriz pediu um bolo, mas eu disse que não, que depois de comer alguma coisa de jeito talvez lhe comprasse um pastel de nata, mas primeiro um copo de leite e pão com queijo. Quando o senhor Ulme foi à casa de banho, perguntou-me:

— E quando se vê ao espelho, como é que ele sabe que é ele, se não se lembra de nada?
— Não funciona assim.
— Funciona como?
— Come.

Infelizmente, "come" foi a resposta que me saiu. Num momento em que a Beatriz recomeçava a falar comigo, respondi "come".
"Come"?
Enfim, é a minha vida.

Porque o senhor Ulme me fez procurador das suas contas bancárias, quis contratar um enfermeiro. Pus um anúncio no jornal e esperei pelas respostas com alguma ansiedade. Só responderam mulheres. Fiz várias entrevistas. Uma delas pareceu-me adequada porque gostava de ler em voz alta, e eu senti que isso poderia ser uma excelente mais-valia.
Ela apareceu para a entrevista vestida de preto, cruzes no peito e unhas pintadas de verde-escuro e de preto.
O cabelo era verde. Tinha um ar jovial e descontraído e isso atraiu-me. Tratou o senhor Ulme com naturalidade e não como um condenado à cadeira elétrica.
Acordei um preço e um horário a tempo inteiro.

Depois de me inscrever num ginásio, percebi que não estava a perder a barriga, mas que a minha vida pessoal melhorava. A Clarisse falava comigo, nada de especial, mas falava, e a Beatriz também já não me evitava como antes.

Os tempos mais difíceis pareciam estar a desaparecer e um dia acordei com uma energia inusitada. Tinha passado tanto tempo sem vontade de fazer o que quer que fosse, sem vontade de trabalhar, de ler, de tudo, e de repente, de um dia para o outro, o mundo parecia ter aberto as pálpebras, já não me acontecia há tanto tempo que senti uma espécie de felicidade.

— É isso, Kevin, na minha diocese tento explicar o problema de Mamon, como ele afeta toda a gente, inverte a alma, como nos rouba a vida verdadeira.

— Criticam-no por discursar contra a riqueza.

— Criticam-me por muitas coisas, Kevin, mas sou um ministro da Igreja, defendo os pobres e aponto para a felicidade. Ministro significa servo, sabia disso, Kevin? Servo, menor, escravo, eu sou um dedo a apontar para a vida e a condenar Mamon. Sabe porque se usa a expressão podre de rico, Kevin? Tem uma certa piada: eles, os ricos, veja bem, eram enterrados dentro das igrejas, das catedrais,

Barulho da torneira aberta.

"das basílicas, não era ao ar livre como os pobres, e, está claro, passado um tempo, o corpo começava a cheirar mal, o fedor trepava pelas pedras do chão da igreja, não tinha onde se esconder, e é daí, Kevin, que vem a expressão podre de rico. É curioso, não é?"

— Sim, mas não creio que os outros ministros

Barulho da tampa do frasco de *after-shave* a ser desenroscada.

"vejam as suas prédicas com benevolência, tem sido duro e demasiado crítico, sentem-se ofendidos."

— É História, Kevin. Pode ver um ministro

Palmadas na cara.

"como um servo mas também pode vê-lo como um ladrão. E esses senhores fizeram a sua escolha. Digo-lhe mais uma coisa, Kevin, antes de sair, que tenho um fiel, um vizinho, para visitar. Sabia que"

Barulho da tampa do frasco do *after-shave* a ser enroscada.

"a palavra ladrão significa ministro? *Laterone*, ao lado. Ladrão era simplesmente a pessoa que estava ao lado do rei. Dá que pensar, Kevin, não dá? O mundo não mudou nada desde o tempo em que Nosso Senhor andava a pescar, aliás, muito antes disso, acho que sempre foi assim. Cabe-nos resistir. Não desistiremos. E agora, Kevin, tenho de ir embora."

Barulho do autoclismo.

* * *

Comi qualquer coisa antes de ir a casa do Senhor Ulme. Estava com a Sara, a enfermeira, a ouvir música e a comentar o virtuosismo de Miles Davis ou a criticar o *pop*: não faça dos seus ouvidos, menina Sara, um caixote do lixo. Virando-se para mim:
— Sfghdfghte-se, cavaksffflheirogfo.
— Não percebi.
— Sente-se — disse a Sara.
Sentei-me e disse que iria continuar a recuperar-lhe o passado.
— Ótimfdgdfo.
— Ótimo?
— Isssso.

Fui a casa da Margarida Flores. Mais uma vez, presenteou-me com uma espécie de teatro. Mas antes disso tive o sobressalto da minha vida.

À minha frente, à porta da casa da Margarida, estava o corcunda que quase nos tinha atropelado, que nos tinha ameaçado de degolação, que nos perseguira.
Atirei-me a ele.
Foi um ato incontido.
A Margarida Flores começou a gritar.
O corcunda subjugou-me facilmente, senti-me derrotado, não tanto por ele mas pelo inimigo que era a minha barriga. Tenho de voltar a correr assiduamente e a comer brócolos, pensei, quase a perder a consciência. O corcunda agarrava-me o pescoço e sufocava-me. Foi a Margarida Flores que me salvou. Foi uma espécie de parteira que cortou o cordão umbilical para eu respirar pela primeira

vez. E eu agradeci. O corcunda encostou-se à parede da casa, ofegante também.

— O que é que se passa? — perguntei quando recuperei o fôlego e o corcunda se retirou depois de a Margarida o ter mandado sair.

— Passa-se que este senhor não gosta do Manel — disse a Margarida.

— Porquê?

— O Manel fez coisas muito feias.

— Por exemplo?

— Várias. Em algumas não acredito, mas há outras...

— Por exemplo?

— É complicado. Deixamos para depois.

Contou-me que o corcunda era um ex-bombeiro que ela tinha contratado. Vivia em sua casa, fazia tudo, abria a porta, atendia o telefone, limpava o pó, tinha-lhe uma devoção extrema.

A Margarida Flores acreditava que o senhor Ulme a tinha acusado junto da PIDE. Achei isso impossível. Ela encolheu os ombros, dizendo, quem sabe.

E, depois disto, presenteou-me com mais uma peça de teatro:

— Sou uma flor, daquelas que nascem nos cemitérios. Há uma veia que atravessa os séculos e que nos transforma em mitos. Guardo essa espécie de doença como uma gravidez, a esperança de que o amor me desenterre, me salve da morte, que abra a terra e do seu ventre tire uma nova vida, plena. Talvez ninguém se lembre de que somos todos mais antigos do que achamos. A nossa vida não começa no hospital ou nas mãos de uma parteira, mas sim na História, nos outros, nas vidas que nos precederam. Nascemos no mesmo dia em que o Universo nasceu, na mesma explosão. Eu, evidentemente, não sou exceção. O meu cartão de cidadão não tem o nome Inês de Castro, mas eu sou a Inês de Castro. Serei levantada do chão, porão uma coroa na minha cabeça. A vida eterna depende do amor dos outros, são eles que escavam a terra com as suas unhas e nos salvam do lugar frio e amorfo a que todos fomos condenados. Os nossos acidentes são diferentes, mas a essência, o osso do que somos é o mesmo. O tempo não nos separa, somos no presente uma face do passado, um novo ângulo do que já aconteceu.

"No dia 6 de Agosto de mil novecentos e sessenta, dancei com o Manel no baile organizado na minha aldeia, num laranjal que ficava junto ao lavadouro público. As paredes estavam caiadas de fresco e a Lua corroborava essa brancura. Parecia dia, juro que parecia dia. As estrelas davam-nos pela cintura, eram tantas que chegavam a fazer-nos cócegas, embrulhavam-nos. Dancei com o Manel como se dançasse com a eternidade. Lembro-me melhor da respiração dele, quente, no meu pescoço, do que das palavras desajeitadas que me ia dizendo enquanto, esporadicamente, me pisava ao som da concertina, da guitarra e do harmónio. Eu era uma rapariga do povo, que digo?, era o próprio povo. Não podemos deixar de encarnar tudo o que somos e isso é sempre maior do que nós. Eu era a pobreza, a desesperança, ele era o filho único de um homem rico, a poderosa ignomínia da matéria. Dançámos, a pobreza e o capital, rodopiámos, sentimos aquele vazio no peito que nos atinge quando nos apaixonamos.

"Tenho pena de não o ter conhecido num cruzeiro no mar Negro, a beber vodca de pera e vinho da Crimeia, ou talvez num hotel de Istambul com varandas debruçadas sobre o Bósforo, envoltos no fumo adocicado dos narguilés, sob uma palmeira carregada de tâmaras maduras. Beijar-nos-íamos e trocaríamos as palavras mais espessas de todas, uns amo-te sussurrados, daqueles que penetram a pele. Mas não foi nada disto, foi num baile de aldeia, iluminados pela Lua, num laranjal, junto à parede recentemente caiada do lavadouro público.

"A família dele, evidentemente, desprezava-me. Todos temos sonhos, e todos os sonhamos com grandeza. Não há motivo para ser de outra maneira, se queremos fugir ao sonambulismo que a vida acaba por nos oferecer em conjunto com tantas frustrações. Os pais do Manel também sonhavam o melhor para ele, uma mulher com apelido, e não uma criada, filha de uma criada, uma mulher como eu.

"Cresci com dificuldades, como uma flor que nasce entre pedras da calçada. Mas nunca deixei de estudar, e lia tudo o que podia. Aprendi a construir versos e a fazê-los voar como pássaros, ainda que, por vezes, feridos de morte. As pessoas ouviam-me cantar, porque foi sempre essa a minha absoluta virtude, a de projetar a voz, fazê-la redonda com trinados, e através da música criar um enorme palácio à minha volta. Sempre que canto, transformo-me numa rainha antiga, que come com talheres de prata da Mauritânia, que usa joias cravejadas de pedras preciosas trazidas do Levante, que se veste de seda e enrola no pescoço uma estola de arminho dourado. Basta-me abrir a boca, fechar os olhos, e o palácio aparece.

"Fui ficando famosa, e o Manel ia a Lisboa, ao Porto, a Coimbra, para me ouvir cantar. Casámo-nos em segredo, numa pequena ermida do concelho de Sousel. Usei o vestido de noiva que fora da minha mãe, que os anos estragaram e que eu corrigi e remendei com versos de canções. A música sempre me deu tantas coisas, e um vestido simples, quando cantamos para ele, torna-se uma peça exuberante, de alta costura. Os sinos tocaram como um choro de crianças.

"Talvez haja uma corda pendurada em todos os pescoços, talvez caminhemos sobre vidros partidos, talvez a nossa alma seja uma lâmpada fundida, talvez o futuro seja uma flor deitada num caixão, talvez as nossas ambições sejam programas de televisão coloridos, talvez nos doam as esperanças, talvez nos deitemos todas as noites como o entrecosto nas montras do talho, talvez nos falte a saliva nas palavras, talvez nos caiam dentes podres para dentro da voz, talvez nos rasguem os ossos como papel, talvez a chuva só exista dentro do nosso corpo, talvez... E, porém, iluminamos o mundo. Existe um caos, uma escuridão, mas o mundo, o mundo só existe quando apontamos uma chama na sua direção e o incendiamos.

"Foi isso que eu fiz. Tentava pegar fogo ao mundo. Vivíamos uma ditadura labrega, tínhamos um ditador criador de galinhas, e eu comecei a lutar contra ele. Era uma batalha desigual, como fazemos contra Deus e o modo como nos envelhece e nos mata. Eu escondia entre os meus versos mensagens de luta. Cantava-os. Atirava-os contra a ditadura, fazia-os mergulhar nos ouvidos de quem me ouvia. Tinha a língua gasta de lutar contra a ditadura.

"Os pais do Manel vieram a saber que casámos. Não era difícil acabarem comigo e foi o que fizeram. A PIDE bateu-me à porta, de madrugada, no dia em que percebi que estava grávida. A palavra mãe é a mais antiga do mundo, é a primeira palavra que todos os homens dizem. Antes da palavra mãe não existia palavra nenhuma. Adão não teve mãe, deve ter dito pai. Aliás, deve ter dito mãe, que Deus não é macho. A primeira palavra é a palavra mãe, é essa que todos dizemos pela primeira vez, semelha-

-se à primeira respiração. Quando a dizemos, reatamos o cordão umbilical. E eu entrei grávida desse vocábulo no forte de Peniche.

"Os pides chamavam-se Coelho e Gonçalves. Talvez não fossem esses os nomes que constavam nos respetivos bilhetes de identidade, mas nós vimos de muito longe, de muitos séculos atrás, e esses eram os seus nomes verdadeiros, independentemente do que constava no registo civil da Conservatória.

"A tortura foi-me matando, entranhou-se como ferrugem, e senti-me morta, enterrada. Perdi o filho que carregava na barriga e chorei um universo inteiro. Não sei se foi por maldade, ou apenas humanidade, as duas coisas confundem-se com tanta frequência, mas o Manel não me ajudou. Quando penso nisso, olho para um cenário tétrico, grotesco, em que o amava enquanto ele me magoava. Um dia, uma semana depois de eu sair da prisão, ele saiu de cima de mim, disse-me que não me queria ver mais, eu chorei, perguntei porquê, as lágrimas escorriam-me pelas faces, e ele respondeu: porque tens os tornozelos gordos.

"E depois voltava tantas vezes, arrependido, com ramos de flores do campo, caía de joelhos a chorar, a pedir desculpa. E eu desculpava. Um dia disse-me que não podia continuar esta vida, que ia tornar-se monge cartuxo. Na verdade chegou a ir à Cartuxa de Évora, chegando a ser postulante, mas no dia em que deveria ter entrado no convento simplesmente não apareceu. Depois voltou a minha casa com um ramo de flores do campo, a chorar, de joelhos aos meus pés. A cena repetia-se, era um ciclo vicioso que terminava com o meu perdão e a sua jura de amor eterno.

"O Coelho e o Gonçalves apareceram mais duas vezes lá em casa, pela madrugada. E fui por mais duas vezes enterrada em prisões, acometida pelo inferno da tortura. Apesar de ser a mesma história, Inês morreu uma vez, eu morri muitas. Todas as vezes que me calaram, todas as vezes que a minha relação com o Manel acabou... até à definitiva, mas ainda morro quotidianamente com isto, como se todos os dias ele fosse o meu despertador a dizer, para me acordar: "Tens os tornozelos gordos, tens os tornozelos gordos"... todas as vezes que vi a Democracia a claudicar debaixo de números e estatísticas e isso tudo. Sabe como é que eu e o Manel acabámos? Muito simples, deixámos de nos ver, assim como a maré vazia abandona a areia. Foi só isso. Não discutimos, ninguém bateu em ninguém. Foi uma maré vazia.

"Deu-se o vinte e cinco de Abril, e esses dois pides ainda andam para aí, creio que sem corações, a beber cafés na Baixa, de pernas cruzadas, a fumar charutos cubanos e a rir, pois o criador de galinhas teve descendentes, são estes pulhas que nos fazem sucumbir sob o jugo das finanças. Se tivessem querido arrancar os corações, ao Coelho e ao Gonçalves, teriam constatado que isso era uma impossibilidade, eles nunca os tiveram.

"E passados anos, muito anos, também nisto a minha vida é uma hipérbole da vida de Inês, eu continuo morta, enterrada pelos tempos. Repito: sou uma flor, daquelas que nascem nos cemitérios. Há uma veia que atravessa os séculos e que nos transforma em mitos. Guardo essa espécie de doença como uma gravidez, a esperança de que o amor me desenterre, me salve da morte, que abra a terra e do seu ventre tire uma nova vida, plena. Talvez ninguém se lembre de que somos todos mais antigos do que achamos. A nossa vida não começa no hospital ou nas mãos de uma parteira, mas sim na História, nos outros, nas vidas que nos precederam. Nascemos no mesmo dia em que o Universo nasceu, na mesma explosão. Eu, evidentemente, não sou exceção. O meu cartão de cidadão não tem o nome Inês de Castro, mas eu sou a Inês de Castro. Serei levantada do chão, porão uma coroa na minha cabeça. A vida eterna depende do amor dos outros, são eles que escavam a terra com as suas unhas e nos salvam do lugar frio e amorfo a que todos fomos condenados. Os nossos acidentes são diferentes, mas a essência, o osso do que somos é o mesmo. O tempo não nos separa, somos no presente uma face do passado, um novo ângulo do que já aconteceu.

"Mas: Olho para as formigas e são tão pequenas debaixo dos meus pés descalços na relva, e sinto este poder imenso de as esmagar, e imagino Deus, com os mesmos pés, a olhar para nós como seres insignificantes. E Ele, com os seus pés de unhas endurecidas a pisá-las, sem se aperceber da riqueza que cada formiga tem dentro dela. E tenho vontade de gritar quem sou, fazer ver que não mereço ser pisada por um pé incauto, mas é a vida, ser formiga de Deus, ser pisada, ser uma pessoa que passeia os seus cães nos jardins com um saco de plástico para recolher a merda. Manter a higiene do mundo, manter as palavras educadas, domesticadas, foda-se, manter tudo dentro de cercas fechadas, dentro de arame farpado. Olhas para mim como aquela mulher obesa que passeia os cães de manhã, depois de beber um café e fumar um cigarro, e levantas o Teu pé imenso para me esmagares, e eu todos os dias me desvio, com elegância, para a esquerda ou para a direita. No fim, irás ganhar, irás pousar o Teu grande pé sobre o meu corpo e não sobrará nada, nem as memórias, porque o Teu pé é uma coisa para a eternidade. Mas depois vem a esperança, contamina-me a esperança, e diz-me que afinal não é assim. Que nós existimos para sempre e que o que fomos é uma pedra, um monumento que podemos visitar de todos os lados. Vemos o ano passado, vemos dez anos atrás, é uma estátua com toda a nossa vida. Choro muitas vezes porque perco essa visão das coisas, essa maneira de ver que todos existimos no tempo.

"Mas: Não só morri mais vezes como estou enterrada há muito mais tempo do que Inês esteve, mas é o mesmo mito, é a mesma história, é o mesmo destino. Ainda tenho esperança de que as unhas do Manel me resgatem do féretro em que fui enfiada, que ele surja envelhecido mas sóbrio, feito da mesma pedra de um cavaleiro medieval, talvez com uma pá, dá sempre jeito andar com uma pá, temos tantas coisas para desenterrar nas nossas vidas, memórias, dores, alegrias. Ainda espero que um ato de amor me resgate da tumba, me eleve à minha condição natural, a de rainha. Já não tenho voz para cantar a minha ressurreição, mas tenho uma fé inquebrantável no destino. Se sou Inês, erguer-me-ei da morte através do amor, a minha pele rejuvenescerá, a minha boca verterá os mesmos beijos, o palácio que a minha voz sabia construir ao cantar será uma realidade de granito, com torres a espetarem-se no céu, levantar-me-ei do chão e do esquecimento com uma coroa. E dançaremos outra vez, num baile de aldeia, sob o luar quase diurno, num laranjal, encostados à parede recentemente caiada do lavadouro público. Trocaremos as mesmas palavras espessas ao ouvido um do outro, enquanto tu, Manel, desajeitadamente, me pisarás ao som da concertina, da guitarra e do harmónio."

O senhor Ulme ficou entusiasmado quando lhe contei a conversa com a Margarida Flores. Com a voz empastelada pela doença, disse qualquer coisa que a Beatriz, que estava lá em casa a passar o fim de semana, traduziu assim:

— Ela quer dançar comigo? Ainda há esperança! Altitude!

Disse mais qualquer coisa. A Beatriz falou por ele:

— Vamos fazer um baile no terraço, pede aos músicos da orquestra Mnor que toquem o fado do cansaço e o eintnôsanchaineuénexisgone, e mais outras, tenho de fazer uma lista, que bela notícia.

— O quê?

A Beatriz repetiu algumas vezes: eintnôsanchaineuénexisgone, eintnôsanchaineuénexisgone, eintnôsanchaineuénexisgone.

Finalmente percebi: *Ain't no sunshine when she's gone.*

O senhor Ulme tentou levantar-se, mas não conseguiu. A Beatriz traduziu o que ele disse:

— Temos de decorar o terraço, tem de parecer um baile de aldeia.

O senhor Ulme pediu-me para repetir uma parte da conversa com a Margarida Flores. Fiz-lhe a vontade:

"A música que nós dançámos pela primeira vez nunca mais me saiu da cabeça. Vou às compras e ela lá está, pego nas curgetes ao som da guitarra, ouço o harmónio quando entrego o cartão na caixa. E há um mês, numa biblioteca pública, juro que é verdade, a bibliotecária aproximou-se de mim e disse que era proibido ouvir música ali, apontou para a placa que dizia 'silêncio' e advertiu-me: isso incomoda as pessoas que querem ler."

No dia seguinte de manhã levantei-me com o som do ensaio da orquestra Mnor, subi até ao terraço antes mesmo de tomar o pequeno-almoço e encontrei o senhor Ulme agarrado à dona Azul, muito agarrado, senão cairia.

— Estazdfmos a enssddaiar — disse ele.
— Estamos a ensaiar — disse a dona Azul. Parecia que toda a gente o compreendia menos eu.
— Que bem que este homem dança — disse ela.
— Dança bem?
— Maravilhosamente, querido. Pode ter-se esquecido de tudo e estar um pouco lento, sem equilíbrio, mas sabe exatamente onde pôr os pés.

A Beatriz bateu palmas e riu.

— Sfgdghdh dfhdgh dhfghh jhdhjhjjh — disse o senhor Ulme.
— O que é que ele disse?
— O equilíbrio não é problema — traduziram a Beatriz

e a dona Azul, em estranho uníssono —, que me apoio a esta beldade.
    E continuaram a rodopiar durante mais de uma hora.

Acordei no domingo com a Sara a bater-me à porta acompanhada pelo senhor Ulme. Ele trazia uma camisa branca e um laço de cor índigo, e pendurada ao pescoço uma máquina fotográfica japonesa dos anos setenta, com uma lente fixa. Tinha um chapéu de pescador na cabeça e numa das mãos um bloco com uma fotografia da estepe mongol na capa. Do bolso da camisa, saíam três canetas de cores diferentes. Perguntou-me qualquer coisa, a Sara traduziu: porque é que ainda está de pijama, e eu respondi-lhe que estava a dormir.

— A dorcxvvmir?
— O quê?
— A dormir? — ajudou a Sara.
— Sim.
— O senhor Ulme — disse a Sara — está entusiasmado, não consegue dormir. Altitude!
— Altitude?
— Temos de tê-la, não é?

— Creio que sim.

O senhor Ulme esboçou um sorriso, falou, a Sara traduziu:

— Não é altura para essas autoindulgências, estamos num momento delicado, precisamos de fazer justiça a uma rainha, isto é um assunto com séculos, tenho de cumprir a nobre missão de envergonhar a morte.

— Vou só tomar duche e vestir-me.

— Não há tempo — disse a Sara. — O senhor Ulme diz que hoje somos cavaleiros medievais. Como é que ela disse? Feitos de pedra, creio que foi isso.

Virei as costas e fui tomar duche.

Saí da banheira, sequei-me, enrolei a toalha à volta da cintura. Tirei o creme de barbear, passei-o pela cara, para fazer a barba. Abri a torneira da água quente, debrucei-me sobre o lavatório para molhar a lâmina. Quando ergui o rosto, vi o senhor Ulme ao meu lado, refletido no espelho, sentado na cadeira de rodas. A Sara tinha-o empurrado até à casa de banho.

Estava com os olhos muito abertos e tentava massajar o lóbulo da orelha esquerda.

— As futilidades que atrasam o destino — traduziu a Sara.

Expulsei-os da casa de banho.

Na segunda-feira, depois de levar a Beatriz a casa e de termos passado o domingo todo a dançar (eu não, que não sei dançar), levei o senhor Ulme a dar uma volta pelo bairro, com a missão de comprar balões, cartolinas, serpentinas, jarros de barro para servir vinho, toalhas aos quadrados, enfim, o que achássemos adequado para enfeitar o terraço e recriar o baile dos anos sessenta. Pedi à Sara para vir connosco, para traduzir o que ele dissesse.

Ao passar por uma igreja, o senhor Ulme quis parar.

— O que foi? — perguntei.

A Sara traduziu:

— As pessoas entram na igreja à procura de Deus, mas passam por Ele sem o verem.

— Consegue vê-Lo? — perguntei.

Desta vez não precisei da Sara para perceber a resposta:

— É o mendigo que está à porta, é a mão estendida.

* * *

Voltámos para casa ao final da tarde, carregados de sacos.

O senhor Ulme adormeceu na cadeira de rodas, a Sara adormeceu no sofá, parecia uma nuvem, deitada, meio enroscada, de cansaço. Foi só nessa altura que reparei como a Sara era bonita e fiz os meus olhos viajarem pela paisagem daquele corpo sonolento. Pus-me de cócoras e observei os seus olhos, estava a menos de vinte centímetros da cara dela, menos de quinze, menos de dez. De repente, ela abriu os olhos e assustámo-nos os dois, ela levantou-se rapidamente, desculpe, não devia ter adormecido, disse ela, não faz mal, eu compreendo, disse eu, ia acordá-la quando...

A Sara parou em frente ao espelho do corredor, alisou o vestido e o cabelo.

À noite cruzei-me nas escadas com a dona Azul. Vinha do terraço, tinha estado a dançar.

— A minha avó, dona Azul, também gostava muito de dançar. Estava muito doente, no leito, quando se levantou de repente e começou a dançar como se estivesse abraçada a alguém. A minha tia perguntou o que se passava e ela respondeu que o senhor Jesus tinha descido à Terra para dançar com ela. Como é que Ele está vestido, perguntou a minha tia, e a avó respondeu, com calças de linho de pregas, sapatos brancos e castanhos, uma camisa de seda branca, um anel de ouro turco no mindinho da mão direita e o cabelo, que já não tem muito, penteado para trás. E foi assim que ela morreu, a dançar abraçada a Deus feito homem, feito dançarino quase calvo. Este episódio não foi o único na família, dizem que o meu avô também dançou com Nossa Senhora, não porque gostasse de dançar, mas precisamente porque não sabia. No entanto, sentia que seria impossível entrar no Paraíso sem saber dançar, seria como rir sem ter dentes, disse ele, e então Nossa Senhora baixou à Terra, ensinou-o a dançar *swing*, tango e valsa, e ele lá foi para o Céu a tentar não pisar a Mãe de Deus.

— É muito bonita, essa história, meu querido.
— Obrigado.
— Mas a si nunca o vi dançar, o que é que se passa?
— Não herdei os genes.
— Isso não vem nos genes, querido.
— Eu desconfio que sim, que vem.
— Olhe que não, é uma coisa que dá no corpo e que só temos de deixar acontecer, é como espirrar.
— Eu já piso tanta coisa que acho que não vale a pena pisar mais gente.
— Não se preocupe com isso.
— Se calhar não devia mesmo preocupar-me. É por andarmos sempre a magoar-nos uns aos outros que não nos esquecemos uns dos outros, por causa das cicatrizes que deixamos,
— Basta pôr um pé à frente do outro. Experimente, querido, solte as ancas.

"dos beijos que deixamos nos corpos dos outros"

— Está muito rígido, anda preocupado com alguma coisa?

"e das palavras mais absurdas, ofensivas ou belas,"

— Deixe-se levar pelo ritmo, querido.

"e é isso, pisamo-nos constantemente, que ninguém sabe os passos irrepreensíveis..."

— Ouça a melodia.
— Tenho de ir.
— Até amanhã, querido.
— Até amanhã, dona Azul.

* * *

No dia seguinte, convidei a Sara para passear um pouco, havia uma espécie de cheiro a esperança no ar, sentia-me feliz. Ela aceitou.
Sentámo-nos junto ao rio.
— Trate-me por tu — disse ela.
— Trato, se fizeres o mesmo.
Ela sorriu enquanto tirava o cabelo dos olhos.

Telefonei à Violeta Flores, para lhe falar do que me contara a sua irmã Margarida. Disse-me:
— Acha que ela não sabia? Ele é que a acusava à PIDE. Há pessoas más.
Se fosse verdade, pensei, ele deveria ter um epíteto mais solene do que pessoa má, talvez vil ou hediondo, pérfido. Desliguei o telefone. A Violeta Flores deixava-me sempre uma sensação amarga.
Tinha de falar com os agentes que prenderam a Margarida, se é que eles ainda eram vivos. Fiz mais uns telefonemas, até conseguir mais algumas informações.
O Gonçalves (chamava-se mesmo Gonçalves), que tinha vivido no Brasil, acabara de voltar. O Coelho, pelo que sei, estava morto. Olhando para a política destes dias, diria que, apesar de todos os defeitos de um pide, morreu o coelho errado.
Encontrei-me com o Gonçalves no Chiado.

Era gordo e baixo, usava capachinho, não fumava. O lábio inferior pendia para o lado.

Quando o olhei fixamente, disse-me:

— Trombose.

Apontou para o lábio.

Daí a assimetria.

Irrita-nos a assimetria, quando decoramos a casa pomos um candelabro de cada lado da cómoda, não pomos um a meio e outro do lado esquerdo, e ao Universo também lhe agrada esta visão em espelho. No caso do agente Gonçalves, era uma assimetria que parecia indiciar a vileza de carácter, um espelho distorcido.

Perguntei-lhe se queria beber alguma coisa e ele pediu o *whisky* mais caro da carta. Não agradeceu, nem quando mais tarde nos despedimos.

Perguntei-lhe se se lembrava do caso da Margarida Flores.

— Acha? Vou lá lembrar-me de todos os esquerdalhos que prendi.

— Da Margarida deve lembrar-se. Era fadista.

— Sim, mas nunca foi grande coisa.

— Prendeu-a?

— Sim.

— Lembra-se de quem a acusou?

— Não faço ideia.

— Nem se lhe oferecer outro *whisky*?

— O que é que lhe adianta saber isso?

— Motivos pessoais.

— Sendo pessoais são muito mais caros do que um *whisky* destes.

Garantiu-me: foi o senhor Ulme que fez o telefonema. E eu fiquei sem saber o que fazer, se deveria contar a verdade (a verdade do Gonçalves, que não me parece verdade nenhuma) ao senhor Ulme ou se deveria omiti-la.

Apareci-lhe à porta com um ar desconsolado, mas a tentar parecer jovial.

Fez-me uma pergunta. Não percebi. A Sara sorriu:
— Pergunta se há novidades.
— Nada.

Fui com o senhor Ulme à biblioteca. Ficou muito bonita depois do incêndio, melhor do que estava. A bibliotecária tinha um decote sugestivo, e o senhor Ulme não tirava os olhos do peito da senhora. Dei-lhe uma cotovelada e fiz um olhar de reprovação.

Ele disse qualquer coisa que eu não percebi, e teve de repetir inúmeras vezes, muito devagar, até eu compreender:

— Não lhe estou a olhar para as mamas, mas para o coração.

Nessa noite, saí com a Sara. Era tão doce, tão intocada pela vida, apesar das cores soturnas das suas roupas, uma espécie de luz acesa que encharcava o ambiente com uma aura inefável e imaculada, quase religiosa ou mística. Pintava as unhas dos pés de lilás e usava um fio de prata no tornozelo esquerdo, com uma medalhinha com uma cruz. Nos ombros viam-se as marcas do biquíni (de um Verão longínquo), paralelas às alças do vestido negro com duas listas roxas, uma no peito, outra nas ancas.

Bebemos um copo de tinto do Douro no bar de uma pensão barata decorado com relógios antigos, uma pensão que ficava dois quarteirões abaixo da biblioteca, do mesmo lado da avenida. O balcão era de granito, e, junto às garrafas expostas, havia cachecóis de clubes de futebol e bandeirinhas.

Disse-lhe as melhores palavras que tinha comigo na altura. Quis exibir humor, poesia, espírito refinado, e tive tudo isso, porque essa foi a maneira de fazer a Sara olhar para mim. De que palavras vou precisar para despir o teu vestido negro com listas roxas?, perguntava-me eu. Então sugeri que fôssemos caminhar à beira-mar e, apesar de termos caminhado com trinta centímetros a separarem os nossos corpos, sabíamos que éramos a encarnação de um destino, acreditávamos que teríamos uma filha ou um filho, ou ambos, sabíamos que arrumaríamos as nossas roupas no mesmo armário e que teríamos a luz fluorescente da casa de banho a iluminar as nossas caras enquanto tu tiravas o champô do cabelo e eu fazia a barba em frente a um espelho, e sabíamos que os trinta centímetros que nos separavam naquela altura eram o hífen que nos ligaria numa inevitabilidade. Paraste de repente, Sara, eu procurava a palavra para te despir o vestido preto com listas roxas e quando achei ter encontrado qualquer coisa na boca, a tal palavra, pensei eu, era a tua língua. Então o beijo que demos foi como respiração boca a boca, estavas a salvar a minha vida, eu fora resgatado do abismo, das águas, e tu fazias-me respirar outra vez. Tudo o que tinha para dizer naquela altura disse-o com as mãos, com os lábios, com o corpo todo. O teu vestido caiu derrotado no chão, como um pássaro ferido, e deitámo-nos na areia.

— O problema, Kevin, é que não há tradutores de arte. O que faria um tradutor de arte? É muito simples, traduziria a arte para outras linguagens: olhava para os girassóis do Van Gogh e traduzia-os para as leis da Física, e assim ficava explicado o Universo. Mas esse é um trabalho que ninguém faz, todos têm medo de o fazer, somos uns cobardes a olhar para a arte, Kevin, temos medo de que aquilo nos dê uma resposta cabal e deixe de haver motivo para viver porque passámos a saber tudo. Somos uns poltrões que andam pelos museus a olhar para obras-primas para depois dizer: Maravilhoso. Maravilhoso, o caralho, aquilo é muito mais do que isso. Que digam que o *Grand Canyon* é maravilhoso, que as cataratas de Iguaçu são maravilhosas, está bem, mas de um quadro do Van Gogh? É só isso que têm a dizer? Maravilhoso? São uns cobardes. UNS COBARDES!

— Chamaste?

Era a Sara.

— Não.
— Pareceu-me ouvir um grito.
— Estava a cantar.

A Beatriz, com a ajuda da Sara, começou a trabalhar nos enfeites do terraço do telhado para que o senhor Ulme pudesse dançar com a Margarida Flores, como naquela noite de mil novecentos e sessenta. O senhor Ulme não largava as minhas notas sobre o seu passado. E quis ir à aldeia para ver todos os pormenores para a recriação do baile.

Acedi, mas teria de ser dali a dois dias, pois estaria fora, em trabalho, e só voltaria na quinta-feira.

— Desta vez, senhor Ulme, vamos experimentar a chave que traz ao peito em todas as fechaduras de todas as propriedades da sua família. Numa há-de servir.

A Sara perguntou:

— E se já não existir essa casa ou se já não for propriedade da família?

— Então, não sei, teremos de interrogar mais pessoas. Se o senhor Ulme não se lembra para que servia a chave, é porque deve ser importante, emocionalmente, sentimentalmente, qualquer coisa assim. Mas, entretanto, não desistiremos.

— Alsgtsdifgtudjge!
— Altitude! — traduziu a Sara.

No dia combinado, voltámos à aldeia do senhor Ulme. Partimos cedo, de manhã, eu, a Sara e o senhor Ulme, havia uma luz diáfana que cobria os campos como uma toalha húmida, abri o vidro do carro para sentir o ar frio bater-me na cara enquanto fumava. Parámos numa bomba de gasolina para atestar o carro e beber um café.

Ficámos na única pensão da aldeia. Dormi com a Sara, ou melhor, não dormi quase nada, foi uma noite gloriosa. Acordei muito cedo, apesar disso, antes de toda a gente acordar. Olhei para a Sara a dormir, tão bonita, e senti o Universo a encher-me o peito de galáxias. Há alguma coisa tão inocentemente bela no sono que fiquei alguns minutos só a observar-lhe o peito a subir e a descer com a respiração.

Saí e passei pelo cemitério para ver as campas da família do senhor Ulme.

No Café Mário, sentei-me numa mesa de canto, era tudo muito escuro, havia um balcão de alumínio com o expositor praticamente vazio, à exceção de umas garrafas

de leite com chocolate e refrigerantes. Um homem que estava a beber um bagaço virou-se na minha direção, bom dia, eu retribuí. É você que quer saber do Ulme, perguntou. Fiz que sim com a cabeça.
— Conheci-o bem.
— Como é que se chama?
— Cebola.
Conversámos durante duas horas, paguei-lhe umas aguardentes e uma travessa de passarinhos fritos.

Contou-me que havia sempre um grande entusiasmo quando o senhor Ulme chegava, "ficava tudo maluco", ele andava sempre com o casaco finamente engomado e o cigarro nos lábios, o bigode muito bem aparado. No café, pedia para lhe servirem um anis e sentava-se com as pernas cruzadas, arregaçando ligeiramente as calças — o Cebola exemplificou — e deixando ver as meias de algodão com as suas iniciais bordadas junto ao elástico.

— A dona Augusta, quando estava calor, gostava de se sentar ao lado dele, a abanar o leque na sua direção, para o refrescar, e, por vezes, chegava mesmo a limpar-lhe o suor da testa usando o seu lencinho de seda preta e rendas brancas. O Ulme chocalhava os cubos de gelo no copo, contava anedotas e falava das ervas e das flores.
— De botânica? — perguntei eu.
— De botânica — confirmou o Cebola. — Perguntavam-lhe o que dizia o tratado Varga sobre a árvore que põe ovos e ele respondia, é *gingko biloba*, uma árvore do tempo dos dinossauros, cujo fruto é na verdade um ovo, a dona Augusta batia palmas, dizia, que belo rapaz, as coisas que ele sabe. Depois ficava em silêncio, antes de perguntar: quantos livros leu? E o Ulme ria-se, porque ela lhe perguntava isso todas as tardes, sempre que ele falava lá das suas

leituras, em especial sobre aquelas coisas de que gostava mais, duas grandes manias, a música e as ervas.

"Quando chegava o Mostovol, jogávamos *snooker*, o Ulme perdia sempre, mas anunciava grandes jogadas, sempre com tabelas difíceis, bato na sete, faço tabela ao fundo e enfio a azul no buraco do canto, jogadas assim. Posso fazer uma carambola, perguntava ele, podes, respondia o Mostovol, mas o Ulme nunca fazia carambola nenhuma e, depois de jogar, olhava para o taco como se ele estivesse estragado e fazia-o rolar na mesa ao lado para se certificar de que estava empenado. Depois soprava na ponta do taco e passava-lhe giz. Apesar de perder sempre, dava a sensação de ganhar sempre, a ponto de todas as mulheres da vila e até de Estremoz e Évora acreditarem nisso e olharem para ele, todo perfumado, como um verdadeiro, como é que se diz?"

— Não sei. *Dandy*?

— Isso, *dandy*, um campeão de *snooker*.

Voltei para a pensão, ao encontro deles. O senhor Ulme estava nebuloso e impávido, olhava pela janela que dava para um olival, entornando o olhar pelo campo fora. Perguntei-lhe se queria voltar para casa, se estava com dúvidas. Ele disse que estava tudo bem, que não se passava nada. A Sara traduziu o resto: Estou simplesmente meditabundo, cavalheiro, é do tempo, é da idade, é das dores nas costas, é da austeridade.

Fomos à casa que fora dele, o senhor Ulme não se lembrava dela, claro. A Sara pegou na chave que o senhor Ulme carregava sempre no peito e experimentou-a na porta da rua. Não servia. Tirou outro chaveiro do bolso e, após algumas tentativas, descobrimos a chave certa e entrámos. A casa era enorme. O senhor Ulme admirava-a como se fosse a primeira vez que a via.

— Não se lembra de nada?
— Pergunta tola, cavalheiro — disse a Sara.
— Estás a falar como ele.

— Boas influências, cavalheiro.

Percorremos todos os corredores, todas as assoalhadas. Estava tudo vazio. A Sara experimentou em todas as portas a chave que o senhor Ulme costumava trazer ao peito. Em vão.

Almoçámos no Café Mário. Um homem chegou-se ao pé de nós, tinha nariz de porco, meia dúzia de pelos grossos e solitários no lugar onde deveria estar a barba, cabelo grisalho. Parou junto à nossa mesa com os braços abertos e com um sorriso enorme. O senhor Ulme olhou para ele, confuso, sem dizer nada. Sou eu, disse o homem. O senhor Ulme levantou as sobrancelhas enquanto o outro cerrou as dele, deu um murro na mesa, estás a fingir que não te lembras de mim?, gritou. Eu levantei-me para o acalmar. É sempre a mesma merda, disse ele, nascem com sangue azul e acham que podem tratar os pobres como cães, mas eu dou-te um epitáfio nas trombas que te mato o corpo todo.

— Esrgsdfgsdfgio sdgé dsfgto.

— O quê? — perguntou o homem.

— Epitáfio é bonito — disse a Sara.

O homem pegou numa cadeira e levantou-a acima da cabeça.

O Mário correu do balcão para o agarrar, tem lá calma, Sapata.

— Ele não se lembra de nada — disse eu, pondo-me à frente da cadeira. A Sara tinha voltado a dar de comer ao senhor Ulme, migas de espargos.

— Não se lembra de nada como?

— Teve um aneurisma.

— Não se lembra de nada — confirmou a Sara.

— Nada de nada?

— Nada.

— Porra.

— Eshbsdvdfo basdkfsss estjkaas misnbdadds.
— Estão boas estas migas — disse a Sara.
— Nem das Flores? — perguntou o Sapata.
— Nada.
— Meu Deus, isso não se esquece.
— Sente-se — disse eu ao homem. O Mário também ali ficou, mas em pé, que tinha clientes para servir.
— Não te lembras da Margarida?
— Já lhe disse que ele não se lembra de nada.
— Tu eras maluco por ela. Um dia disseste-me, nunca mais me esqueci, que uma margarida não era uma flor, era milhares de flores, e eu perguntei-te o que isso queria dizer e tu abriste um dos teus livros e eu disse, arruma lá isso que o papel faz-me mal à cabeça, já bastam as contas. Então saíste porta fora e vieste com uma flor na mão, uma margarida do campo, e mostraste-me o centro da flor e disseste, olha bem, e eu olhei e pela primeira vez reparei nisso, que aquela bola amarela é um conjunto de flores pequeninas. Que bonito, disse eu. E tu, sim, uma margarida são muitas flores. Mas o que é que isso queria dizer? Não interessa, respondeste, mas passados estes anos todos ainda penso que raio querias tu dizer com isso. Sempre foste um tipo complicado, com a mania das botânicas e das mulheres e da música. Lembras-te do baile?
— Não. Ele não se lembra de nada — disse a Sara (ar irritado).
— Não? Isso está mesmo mal. Aneurisma? Isso é onde?
— Na cabeça.
— Pois. Então, foi o baile em que o Chico levou na cabeça com o trombone do cigano que tocava uma música americana. Foi em sessenta e um ou sessenta e dois.
— Não foi em mil novecentos e sessenta?

— Não, tenho a certeza de que foi em sessenta e três, já tínhamos idade para ter juízo. Mas tu não, andavas numa *Zundapp* preta e verde com um blusão de cabedal, parecias aquele ator que morreu, que se espetou contra uma árvore.
— O James Dean — disse a Sara.
— O James Dean.

Passeámos no largo, onde se tinha realizado o tal baile. O padre tinha duas fotografias dessa noite, mas não nos deixou ficar com elas.

Passei pela Conservatória para perceber quais eram os imóveis que pertenciam ao senhor Ulme. Não era muita coisa, além da casa da aldeia, havia um lagar, dois montes e um armazém.

Pedi ao padre que me indicasse onde ficavam os dois montes e o armazém, ele ficou branco, disse para eu não fazer tolices, benzeu-se e afastou-se. Ficou parado a olhar para nós, a uns trinta metros de distância. A Sara, calmamente, disse que sabia onde ficava o armazém. Como?, perguntei eu, por uma fotografia que havia no apartamento, disse ela. O senhor Ulme estava em pé, em frente à porta do armazém, num sépia-desbotado. A fachada tinha um losango pintado com duas andorinhas, uma de cada lado.

— Já passámos mesmo em frente ao armazém — disse ela. — É junto ao largo principal, na rua que vai para os Correios.

Dirigimo-nos para o edifício. Entretanto o padre seguia-nos, a uma distância mais ou menos cautelosa. Juntaram-se a ele mais algumas pessoas, falavam entre si, apontavam para nós. Ignorámo-los. À medida que avançávamos, havia cada vez mais gente atrás de nós. Ouvimos alguns gritos, um ou outro insulto. Ao chegar ao armazém, havia já dezenas de pessoas à nossa volta. A dona Eugénia dizia que era o fim do mundo, o padre Tevez dizia que era uma enorme blasfémia, as demais pessoas simplesmente gritavam, insultos, escatologias, enquanto a Sara tremia de nervosismo. Eu também, mas tentei mostrar-me indiferente. A tensão começou a ser insustentável, o senhor Ulme dizia qualquer coisa incompreensível, a Sara dizia que era melhor voltarmos mais tarde. Eu disse que sabia muito bem o que fazer, a Sara agarrou-me o braço. Liguei para a guarda e esperámos, no meio do tumulto, que aparecesse a GNR. Chegaram finalmente dois polícias que afastaram as pessoas.

Eu peguei na chave do senhor Ulme, os gritos inundavam-me, caminhei para a porta do armazém. Os gritos aumentavam, era o fim do mundo, era o fim do mundo.

O armazém era um edifício grande, branco da cal, mas com as marcas do desleixo, rodapés azuis. Na fachada principal, um losango com uma andorinha de cada lado.

Enfiei a chave na fechadura.

As pessoas gritavam que era o fim do mundo.

A chave rodou.

De repente, silêncio.

E abri a porta.

Fiquei parado a tentar perceber o que via. A fraca luz que as pequenas janelas do armazém deixavam passar não ajudava nada, semicerrei os olhos, via o pó a dançar nos raios de luz que atravessavam o interior do edifício. Até o pó sabe dançar, pensei.

Demorámos alguns segundos a perceber o que víamos.

Era uma estátua.

Negra.

Completamente negra.

Deitada no chão como um soldado cansado.

Nove ou dez metros de comprimento (contei dando umas passadas) desde os pés à cabeça.

As pessoas amontoavam-se à porta, atrás dos dois guardas, a tentar olhar para dentro do armazém.

Era um *golem*.

Passei as mãos pela superfície da estátua.

Caiu um bocado de fuligem e pude ver o material de que era feita.

Era uma estátua, um *golem* construído com papel: notícias de horrores humanos, uma estátua de nove ou dez metros, contados com as minhas passadas, feita de recortes de jornal enegrecidos pela fuligem dos fornos do armazém. O senhor Ulme estava maravilhado, era como se nunca o tivesse visto, como se não o tivesse construído.

— Qdfgsfghfghfghfgh!

As pessoas mantinham um silêncio fúnebre. O sargento da guarda disse: o que é isto?

Não sei, pensei eu, mas depois percebi: era a maneira de o senhor Ulme fazer com que Deus agisse, ou com que o Homem agisse, aquele que se mexesse primeiro.

— Rfggdfnggjn!

Uma estátua negra cuja matéria-prima eram os horrores da Humanidade. Um *golem* feito de notícias, feito das atrocidades da História.

Uma estátua negra.

Nove ou dez metros de comprimento. Não, nove ou dez metros de altura, pois haveria de erguer-se e caminhar pelo mundo.

— Hsfdgskdfdfk!

Se Deus não fizesse nada ao ver aquilo, ficaria mais do que provada a sua indiferença eterna. Mas, acima de tudo e sem qualquer dúvida, a simples presença de um mostrengo daqueles deveria ser suficiente para fazer com que os homens agissem, se levantassem dos túmulos em que viviam (apartamentos, sofás?), da apatia letal, do sono sem sonhos em que circulavam pela vida, e tivessem vontade de mudar a puta da sociedade, comportamentos, o mundo.

— Lsdgsdfgsdfgf!

Era definitivamente uma imagem do fim do mundo, nove ou dez metros, contei com os meus passos. Era isso que toda a gente na aldeia temia, um espelho da sua complacência para com o mal, o supersticioso receio de ver o mundo que conhecemos a desabar. Ou, ainda, o pânico de que Deus pudesse finalmente intervir, esmagar os culpados, fazer chover durante quarenta dias e quarenta noites, e a seguir enxofre, e a seguir chamas infernais, e a seguir.

Uma estátua negra.

Uma estátua negra que o senhor Ulme queria que vivesse, que andasse pelo mundo a envergonhar Deus, a envergonhar os homens, que fossem nove ou dez metros de maldade, uma pequena amostra, mas, ainda assim, imponente. Uma vida a recortar jornais, a recortar os lugares mais escuros dos homens, os seus becos, o cheiro a rato. Uma vida a recortar dos jornais o cheiro a rato.

— Aasdfgsdfgbhdbg!

As pessoas recomeçaram a gritar, o sargento e o seu ajudante tentaram impor a ordem. Esperámos que as pessoas abandonassem o local para poder sair, o que demorou umas duas horas.

Fechei o armazém e voltámos com o senhor Ulme para a pensão, ajudados pela GNR.

Acordei extenuado. Liguei de novo para a polícia. Quando o sargento Oliveira apareceu na pensão, disse-lhe que queria tirar a estátua do armazém, pô-la em pé no terreno que pertence ao senhor Ulme, junto à antiga casa dos pais. Preciso de homens e de máquinas, o dinheiro não é problema. Duas horas depois consegui o que precisava para tirar o *golem* do armazém.

O mundo não acabou. Esperava que Deus tivesse intervindo, tal como havia feito com Isaac. Quando Abraão estava prestes a sacrificá-lo, baixou a Sua mão e impediu que Abraão matasse o filho. Nós somos os Seus filhos, estamos à Sua espera. Não aconteceu, claro. Mas também não aconteceu o que o senhor Ulme desejaria, o que todos desejaríamos — que as pessoas tivessem vergonha da sua humanidade e, ao ver o *golem*, dissessem: Mudaremos.
Limitaram-se a gritar mais uns insultos e, passadas umas horas, já nem queriam saber, até achavam piada ao

monstro, o mesmo que momentos antes ameaçava trazer-lhes o fim do mundo.

Empurrei a cadeira do senhor Ulme enquanto os guardas tentavam proteger o *golem*, primeiro de uma sanha destruidora, depois da curiosidade. Não sei o que lhe aconteceu, porque voltámos para Lisboa nesse dia.

Mas creio que foram tiradas muitas fotografias para partilhar em redes sociais.

O senhor Ulme ficou agastado com o episódio, esperava o milagre, a reação do povo, ou, em última análise, a presença de Deus. Nenhuma divindade se poderia furtar a tanta desgraça sem se mostrar e anunciar, entre fogo e relâmpagos (ou um simples sorriso): Eu estou aqui, existo.
 Voltei a pendurar-lhe a chave ao pescoço.
 E soltei uma lágrima ou duas.

Enquanto eu transcrevia uma entrevista que havia feito a um escritor iraniano, a Beatriz, a dona Azul e a Sara recortavam as cartolinas que tínhamos comprado para lhes dar forma de flores, triângulos, retângulos, estrelas. Encheram balões. À noite pendurámos tudo no terraço e montámos luzes coloridas. Pusemos as mesas, espalhámos lanternas, preparámos os jarros de vinho, os copos. Levámos o senhor Ulme ao terraço para ver o resultado.
Chorou.
Não nos renderemos, senhor Ulme, não desistiremos.
Ele fez um movimento com os olhos, e eu percebi o que queria dizer: Altitude. Foi isso que ele disse com os olhos molhados.

A orquestra Mnor tocou umas músicas da época. A dona Azul, é claro, dançou. A Beatriz dançou. A Sara também.
— Não danças? — perguntou-me ela.
— Vou buscar uma cerveja.

Quando já estavam todos cansados, a Sara disse que aquele fora um bom ensaio, que agora só faltava convencer a Margarida.

Sentei-me ao lado do guitarrista, o Miro Korda.

— Ouvi dizer — disse-lhe eu — que os contrabaixos ressoam de maneira diferente conforme a música que tocaram neles.

— A madeira porta-se — disse ele — de modos distintos, conforme o instrumento foi tocado com arco ou se tocou *pizzicato* ou *jazz* ou música erudita.

— Isso é mesmo verdade, Miro? Foi o senhor Ulme que me disse.

— É mesmo verdade.

— A madeira comporta-se de maneira diferente?

— Sim, a madeira ouve o músico, molda-se à música.

— Juras que é verdade, Miro?

— Juro.

— E se o destino, Miro, por ouvir a melodia certa, começasse a ficar ensopado, como a madeira dos contrabaixos? Escuta, posso estar a divagar, mas deve ser possível imaginar que o mesmo acontece às nossas orelhas e que, se pudermos analisar uma com toda a dignidade de um método preciso e científico, talvez encontremos lá dentro um poema de Celan,

— Talvez isso seja exagero, pá.

"um contorno de Beethoven, uma esquina de um amo-te sussurrado na adolescência..."

— A madeira é diferente.

"talvez encontremos uma cavidade provocada pela palavra adeus e uma curva que aconteceu numa noite de Verão, em que, depois de dançarem juntos, ela disse apenas que estava um excelente luar para dormirem para sempre na praia."

— Não me parece possível.
— Deve estar tudo nas nossas orelhas, Miro, marcado subtilmente, e deve haver um método capaz de decifrar estas coisas, assim como a agulha de um gira-discos interpreta as cavidades do vinil e lê orquestras inteiras.
— São coisas diferentes, pá.
— Sim, mas há uns tempos uma fadista falou-me disto...
— Disto de as orelhas serem uma espécie de discos? De a vida ouvir música e começar a dançá-la?
— Não, falou-me de os discos serem estranhos.
— Estranhos como?
— Estranhos por terem em ranhuras, num processo mecânico, orquestras inteiras lá enfiadas, oboés e saxofones, trompetes, clarinetes, coros, ferrinhos, aquela gente toda, provavelmente até os movimentos que os braços do maestro fizeram quando rasgaram o ar.
— Não é a mesma coisa, isso é normal.
— Normal?
— Sim.
— Mas e os ouvidos, as orelhas, Miro, não terão cavidades feitas pelos sons? Talvez seja difícil de detetar, talvez nos faltem ferramentas ou tecnologia, mas um dia, quem sabe? Pode ser que Deus
— Isso não existe.
"use um método semelhante, que analise os nossos ouvidos e as fissuras dos lábios para saber o que ouvimos e dissemos. Deus deve ter um gira-discos especial. Pensando bem, isto até me soa ao campo akáshico da Samadhi, conheceste a Samadhi? Também não interessa. Tenho de refletir sobre isto, há tanta coisa que me escapa."
— Ainda há cerveja na arca?
— Podes tirar à vontade. Traz uma para mim também.

Korda levantou-se e abriu duas garrafas. Disse:

— Isto está mesmo parecido com um baile dos anos cinquenta.

— Sessenta. Está igualzinho, que eu andei a pesquisar revistas da época.

— Pois, está mesmo parecido.

— O senhor Ulme vai sentir-se a voltar a casa, vai recuar na sua memória como se fosse a primeira vez que estivesse com ela.

— Isso deu-me uma ideia, pá. E se a gente tocasse aquela do *besame mucho*, só que, em vez de cantarmos *como se fuera la ultima vez*, cantássemos *como se fuera la primera vez*?

— Parece-me bem, *como se fosse a primeira vez*.

A Beatriz e o senhor Ulme tinham adormecido. A Sara conversava com a dona Azul. O céu ainda trauteava músicas portuguesas de um baile de aldeia dos anos sessenta.

— Imagina, Miro, quando o Homem conseguiu gravar os primeiros sons. Imagina, Miro, um Edison a chegar junto da mulher que ama e dizer que ali, no objeto que carrega nas mãos, está um beijo que ele lhe enviou. Um beijo que ela poderá ouvir repetidamente durante a vida toda, um beijo que não envelhece e que tem sempre a mesma intensidade de paixão.

— Mais uma cerveja?

— Amanhã vou ligar à Margarida Flores. Tenho de a convencer a vir dançar. Como se fosse a primeira vez.

— Queres que traga uma cerveja para ti?

— Vai ser como se fosse a primeira vez.

— Explique-me, então, a vida, senhor Helveg.
— Um rio, Kevin, está ao mesmo tempo na nascente e na foz. A vida também é assim, mas nós imaginamos que é um barco a descer o rio, um humilde pescador que por vezes tenta remar contra a corrente, mas é impossível vencê-la. Porém, nós somos o rio, que imagem tão gasta, Kevin, mas deve ser isso que somos. Ao mesmo tempo na nascente e na foz, moribundos e nascituros ao mesmo tempo, no útero e enterrados ao mesmo tempo, e no entanto sempre diferentes de nós mesmos, porque a água é sempre outra, a nascente está sempre a mudar, a foz está sempre a mudar, o nosso passado também, o nosso destino também, somos esta imagem tão gasta pelos poetas, pelos cantores, é isso mesmo, Kevin, uma alegoria velha, somos o tal rio, o tal lugar-comum. E agora, se não te importas, deixa-me remar contra a corrente, ainda que seja absolutamente inútil, mas que importa? Muitos dos nossos gestos mais épicos são tentativas infantis e vãs de contrariar o deprimente fado

que Deus assobia e que é a nossa vida. Se não te importas, deixa-me remar contra a corrente.

— Resistiremos, senhor Helveg.
— Estás outra vez a cantar? — perguntou a Sara.
— Ouve-se aí?

Saí da casa de banho e telefonei à Margarida.

— *Como se fuera la primera vez* — disse-lhe eu.

E ela desligou-me o telefone.

Voltei a ligar.

— Mas se me tinha falado nisso — disse eu —, num baile, de voltar a dançar com...
— Nunca disse nada disso.

Citei-a:

"Ainda tenho esperança de que as unhas do Manel me resgatem do féretro em que fui enfiada."

— Nunca disse nada disso — insistiu.

Desligou o telefone.

Voltei a ligar, mas não dava sinal.

Fui a casa dela, a Sara deixou-me um beijo de boa sorte nos lábios, mas a Margarida soltou o corcunda e eu tive de fugir, escorraçado pela memória das más experiências com o ex-bombeiro.

Ou seja, não haveria baile nenhum.

Ela nem sequer queria considerar essa possibilidade.

Menti ao senhor Ulme:
— Não, ainda não falei com a Margarida. Amanhã, sem falta.
A minha cobardia valeu-me um olhar reprovador da Sara.
E à noite:
— Escuta.
— Sim?
— Vais ter de lhe contar.
— Amanhã, sem falta.
— Sabes, eu consigo ouvir-te a falar com alguém na casa de banho.
— Canto.
— Não cantas, não. Falas com alguém.
— Com alguém?
— Sim, com quem?
— Falo comigo.
— Dizes um nome.

— Talvez.
— Quem é?
— Não sei bem.
— Como não sabes bem?
— Não sei.
— Eu ouço um nome.
— Vamos dormir?

No dia seguinte, contei a verdade ao senhor Ulme.
Fechou os olhos.
— Tdfegmhfghossss dfe ahgrrtriummmeear ouuu tdrerrarasssssu.
A Sara traduziu:
— Temos de arrumar o terraço.

Fomos tomar o pequeno-almoço à Deliciosa. Pedi uma torrada.

O ar não poderia estar mais carregado.

A Sara pediu um sumo de laranja para o senhor Ulme e pôs-lhe uma palhinha.

A torrada era de pão de forma, três fatias em cima, três em baixo, a coisa clássica. Comi as de cima para deixar as de baixo para o fim: a manteiga escorre para cima delas. Depois, entretive-me com as fatias das pontas, com côdea, para deixar a quinta-essência da torrada para o final, repleta de manteiga sem côdea.

A tristeza que havia no ar.

O senhor Ulme disse alguma coisa.

— Hgsigjbdfgbgh.

Eu não percebi, inclinei-me na sua direção, para o ouvir repetir:

— Adefgdfbdfgndfgh.

Quando voltei a olhar para a mesa, o meu pedaço de

torrada tinha desaparecido, não estava no prato. Levantei os olhos. A Sara estava a comê-lo.

O ar não poderia estar mais carregado.

A Sara estava a comer a fatia do meio.

— Tncvmmcvvv jfjfkfff — disse o senhor Ulme.

A Sara sorriu-me, um sorriso triste de quem partilha aquele momento de tristeza, enquanto comia a fatia do meio da torrada.

Fiquei irritado, tão irritado que comecei a discutir, a gritar.

Aquela fatia, tinha-a guardado para o final.

A Sara atirou o que sobrava da fatia para o chão.

Argumentou que era só uma torrada. Mas não era. Era o pedaço que eu tinha guardado para o final, ela deveria ter consideração por isso. Levantámos as vozes, aquilo não era só uma torrada, era um insulto. Era uma enorme falta de consideração, era como pousar o chapéu em cima da cama.

O ar não poderia estar mais carregado.

Gritámos mais, ela saiu.

Quando cheguei a casa com o senhor Ulme, tinha um recado colado à porta. Dizia simplesmente:
Despeço-me.

O senhor Ulme disse dfhdfgbdfgbdfgbd, mas eu nem sequer fiz um esforço para perceber.

Levei o senhor Ulme a passear. Estava a chover, abri um guarda-chuva e prendi-o na cadeira de rodas, abri outro para mim. Recordei o que ele costumava dizer dos guarda-chuvas:

"Creio que o guarda-chuva é uma excelente invenção. Repare: não é um objeto que acabe com a chuva, é sim algo que evita a chuva individualmente. Não gosto dela, mas não acabo com ela, não a destruo. O guarda-chuva é uma filosofia que usamos no quotidiano. A água continua a cair nos campos, apenas evito que me estrague o penteado. É um objeto bondoso, que não magoa ninguém."

Não há muita coisa assim.

O senhor Vastopoulos levou o bolo de Natal e passámos os quatro a consoada no apartamento do senhor Ulme. Falámos de boxe, de música. A Beatriz tinha pendurado, a pedido do senhor Ulme, várias folhas de papel na parede do apartamento. Podia ler-se, nessas folhas:

Entremos mais dentro na espessura, entremos mais dentro na espessura.

Dezenas de papéis.

— Trouxe um bolo — disse o grego quando abri a porta. Agradeci e pousei-o na mesa.
— Se calhar, Ulme, ao comeres deste bolo lembras-te da Dália.
Tirou a carteira e mostrou uma fotografia dela.
— Tinha vinte e três anos na altura em que tirei esta fotografia com uma *Minolta* que me ofereceste. Estávamos

em Creta a visitar a campa do meu avô, um homem a sério. Se o chamavam para beber, só parava quando todos os outros estivessem inconscientes. E, quando chegava a casa, ainda abria mais uma garrafa, bebia-a até à última gota e se fosse preciso ainda levava o barco até Ítaca.

Sentou-se com um suspiro e penteou os cabelos para trás.

— Não te reconheço — disse ele —, sem o bigode revirado com cera indiana e o cheiro a cânfora. Dá cá um abraço.

Levantou-se, abraçou o senhor Ulme e piscou os olhos, provavelmente para reter as lágrimas que não podia derramar, por causa de Constantinopla.

Disse:

— Lembras-te de quando fomos a Manila ver o combate do Clay, perdão, do Mohamed Ali, contra o Joe Frazier, em mil novecentos e setenta e cinco? Não te lembras, pois não? É uma merda, a nossa cabeça. Aterrámos no dia do combate, estava uma humidade que parecia que estávamos num aquário, sentámo-nos na primeira fila, onde o calor filipino era ainda mais intenso. Disseste no fim do combate que nunca tinhas estado tão próximo da morte, foi isso que disseste, Ulme: estive mesmo ao lado dela.

"A princípio pensei que aquilo de ir a Manila fosse só por causa das mulheres, a prostituição e isso, mas andavas realmente obcecado pelo boxe. Acho que foi por causa de alguns músicos de que gostavas e de quem falavas constantemente, como se fosse impossível ter sensibilidade para tocar um contrabaixo em *pizzicato* e calçar umas luvas para desfazer o nariz do próximo. Que me lembre, era do Willie Dixon que tu falavas mais, não era? Bom, mas trouxeste de Manila um lenço que tinhas levado contigo.

Com aquele calor, passaste o tempo a limpar o suor, e a certa altura, durante o combate, um esguicho de sangue do sobrolho direito do Frazier acertou-te na testa, e tu instintivamente limpaste-te com o lenço, que ficou com uma mancha de sangue do *boxeur*. Não deste assim tanta importância, mas, quando chegaste ao quarto do hotel, abriste o lenço e a mancha mostrava uma imagem clara de uma mulher. Quando me mostraste eu não quis acreditar, parecia uma pintura. Disseste-me que era a Margarida. E como é que sabes, perguntei-te. E tu: sei. Explicaste-me que a madeira dos contrabaixos fica diferente conforme a música que se toca neles. Foi isso que disseste, não foi? E então, perguntei eu? Então, respondeste tu, é lógico. Mas, para mim, não era lógico coisa nenhuma. Fiquei com isso durante anos na cabeça. O que é que tu querias dizer com aquilo? Então, há dias percebi, quando estava a fazer o bolo que a Dália fazia todos os Natais. Porra, era mesmo lógico. O sangue do Frazier ficou com a forma daquilo que te ia na cabeça, da música que andavas a trautear o tempo todo, como acontece com os contrabaixos. Mas, olha lá, isso é mesmo verdade, que a madeira dos contrabaixos fica coiso?"

— Um amigo meu, músico, diz que sim — disse eu.

— É verdade — disse a Beatriz. — O senhor Ulme disse-me isso.

O grego, voltando-se para o senhor Ulme, disse:

— Ulme, conta a história daquele tipo da ópera que usava ossos no nariz.

— O SSvcreasdfgsfdg JJJasiiddfsdgrekisnsss?

— O Scrimijey Oquin? — traduziu a Beatriz.

— Esse, o Screamin' Jay Hawkins, que cantava *blues* como quem espanca a música lírica.

* * *

E eu, se limpasse a testa, o que é que ficava no lenço? A Sara. Só pensava na Sara. O que é que tinha feito errado? Não sei dançar, devia aprender, até o pó sabe dançar nos raios luminosos, preciso de soltar as ancas. Talvez fosse isso. Passei o guardanapo pela testa, olhei para ele sem que ninguém reparasse no que fazia. Estava branco, imaculadamente branco. Não tenho a fibra da madeira do contrabaixo. E não sei dançar. Pai, não me ensinaste a dançar, não me passaste a dança nos genes. Deve ser isso, pai, deve ser isso. E agora um Natal assim, o ar não poderia estar mais carregado de tristeza, um grego que não chora, um homem que não se lembra de ver uma mulher nua, uma menina que não perdoa o pai, e eu, que não sei dançar. Só penso na Sara. E é um guardanapo que me mostra a minha solidão.

O senhor Ulme disse qualquer coisa que ninguém percebeu. A Beatriz traduziu:
— O senhor Ulme tem uns papéis na gaveta sobre o Scrimijey Oquin.
Vastopoulos abriu as gavetas da secretária.
— Gaaaoiuivvvvvuiottttpaaaa iiiiijqiuttaaaaateee.
A Beatriz disse:
— Na gaveta da estante.
O grego encontrou os papéis e, muito solene, começou a ler.
— Muito bem, altitude! Comecemos: "O Screamin' Jay Hawkins era um daqueles pugilistas que queria cantar ópera. O mundo do boxe está cheio de casos destes. Não é raro entrar num ginásio, chamar *boxeur* a alguém, no bom sentido, e ouvir: 'Sou um cantor de ópera, isto é provisório'.

Quantas vezes se ouve, nos ringues, entre dois assaltos, desabafos sentidos: 'Eu devia era ser cantor lírico'. E que prazer dá vê-los retomar o combate com mais falsete no *uppercut* e um pequeno Puccini no jogo de pernas.

"Voltemos ao Screamin' Jay Hawkins. Com o insucesso desta incursão pelo mundo da ópera, virou-se para o vudu e para os lamentos em pentâmetros jâmbicos e doze... ou oito, sejamos complacentes com os números... compassos, ou seja, os *blues*. E fez muito bem. Isso e filhos. Fez cerca de setenta e cinco filhos a várias mulheres. Há rumores que afirmam ser um número menor, que o Screamin' Jay Hawkins não teve mais de cinquenta e poucos rebentos. São pessoas que querem descredibilizar os *blues*. É por isso que ninguém vai aos estádios.

"Voltemos ao Screamin' Jay Hawkins. Era um homem que gostava de se apresentar vestido de leopardo, com ossos a atravessarem-lhe o nariz. Ficou muito conhecido por *I Put a Spell on You* e por aquela música cujo tema é a prisão de ventre e o trânsito intestinal, chamada *Constipation Blues*. Ele atuava com uma retrete no palco. Não estou a brincar. E também tinha esta particularidade a ter em conta: fazia, com as suas imensas cordas vocais, um ruído bizarro, perdoem-me o estrangeirismo, mas não encontro o portuguesismo necessário, que era como um porco na matança, mas na nota certa.

"Como não existem lendas vivas dos *blues* que não tenham morrido, o Screamin' Jay Hawkins deu-se por falecido no ano dois mil. Cerca de setenta anos depois de ter nascido."

— Põe a tocar, Beatriz — disse o grego.

Estar sem a Sara tirava-me bocados de pele, bocados de carne. As unhas dos pés que apodreciam eram causadas pela falta da Sara. Na casa de banho, descalço, olhava para os pés e, juro, pensava isso. Falta da Sara.

O novo enfermeiro que contratara percebia tanto do que o senhor Ulme dizia como eu. Precisava da Beatriz para traduzir. Infelizmente, isso só acontecia em alguns fins de semana.

— Onde é que eu errei? — perguntava ao senhor Ulme.

— Dsfhgdfgndghn.

— Detalhes — traduziu a Beatriz.

— Detalhes?

— Pdaaassoaiiuuas dtufuuuada, xaaafeeupeux naaa cuammma, dtaaaaluexx, ucxafgaaleuuuiru nueeem v aaapaeuizageuum, xttuuaa muatguu pruosimo dasasaa-coodnbghas, perfgerae a cguueha coooppiqjjta.

— Pedaços de torrada, chapéus na cama, detalhes, o

cavalheiro não vê a paisagem, está muito próximo das coisas, perde a cena completa — disse a Beatriz.

É tão bonito ver uma menina tão nova a dizer aquelas coisas. Tive vontade de a abraçar, mas quando me aproximei para o fazer ela afastou-se.

Por causa da rápida degradação da capacidade da fala do senhor Ulme, a Beatriz passava horas, com uma paciência infinita, junto dele, recitando o alfabeto, a, b, c, d, e, f, g...

Eu pensava na Sara. Não pensava em mais nada.

A Beatriz dizia o alfabeto até obter uma letra, a, b, c, d, e, f, g, h, que anotava a lápis num bloco que eu lhe comprara para o efeito. Depois trazia-me aquilo que o senhor Ulme dizia, anotado com a sua letra redonda e infantil.

Eu pensava na Sara. Não pensava em mais nada.

Passavam horas, os dois, a Beatriz e o senhor Ulme, um ao lado do outro, sentados no sofá, a, b, c, d, e, f, g, h. Viam televisão ou ouviam música ou simplesmente ficavam em silêncio. A Beatriz, de vez a vez, pegava no lenço de pano do senhor Ulme e limpava-lhe a baba, que sorria pelos queixos. Por vezes sentia no seu rosto petrificado os restos de um sorriso, como uma borboleta que deixou uma flor, ou via umas lágrimas, que ficavam penduradas nos olhos sem saberem se deviam cair pela cara ou ficar ali, presas para sempre numa emoção sentida.

Eu pensava na Sara. Não pensava em mais nada.

A Beatriz esforçava-se por atrasar a rápida degradação motora a que o senhor Ulme estava sujeito e abria a boca, instando-o para que a imitasse. Aaaaaaa, dizia ela, e o senhor Ulme tentava abrir a boca e por vezes lá saía um gemido.

Eu pensava na Sara. Não pensava em mais nada.

Eeeeeee, dizia a Beatriz, arregalando os olhos na direção dele, e o senhor Ulme quase que sorria, quase que falava, quase que isso tudo, mas estava a cair num abismo, desamparado pela crueldade de uma doença que lhe roubava as emoções mais simples, um sorriso, um olhar, um estremecimento do corpo, uma palavra. Mas a Beatriz não se rendia.

Quando o senhor Ulme já não conseguia falar, nem sequer sorrir, pediu-me que recortasse de uma fotografia a boca de um rosto sorridente e a colasse na sua. Abri a gaveta, escolhi várias e mostrei-lhas, ele mal conseguia piscar os olhos, mas foi recusando algumas, fui colocando outras de parte, cerca de dez, para depois selecionar uma delas.

Colei-lha na cara conforme me pediu. Tive vontade de chorar, o resultado era ridiculamente macabro: um homem envelhecido, numa cadeira de rodas, com o olhar fixo e com um sorriso colado no rosto.

Estou bem, cavalheiro, perguntou com os olhos.

Consigo ouvir a sua gargalhada a encher a sala, disse-lhe.

Ele continuou com a mesma expressão, porque não era capaz de outra, mas os seus olhos encheram-se de lágrimas.

Voltei a casa da Margarida Flores. Tinha de insistir com ela. O corcunda abriu-me a porta, o olhar de demónio aceso no rosto, eu disse boa-tarde, ele não disse nada. Sentei-me na sala, em frente à Margarida.

— Eu sou a rainha Santa Isabel. Sou mesmo. Não é isso que diz no meu cartão de cidadão, mas sou. O que eu faço é transformar pão em rosas. Infelizmente, meu caro senhor, agora é mais complicado, porque para haver rosas é preciso haver pão, e isso escasseia sempre um pouco mais do que seria desejável, ou não é? Uma pessoa não vai fazer arte, não vai filosofar se não tiver pão, não se faz nada sem isso. É do pão em excesso, daquele que já não precisamos mastigar, engolir, digerir, cagar, que aparecem as nossas rosas. Eu soltei muitas pela boca. Cantava-as. É a mais bela jardinagem, ter a boca cheia de flores, mesmo que tenham espinhos.

"A música dá-nos uma nobreza que o senhor não imagina. Cada nota é um banco para atarrachar uma lâmpada nos candeeiros do teto, e a nossa vida fica tão luminosa. Uma pessoa canta e as trevas empalidecem."

— E quanto ao senhor Ulme, eu queria...

— Foi ele que me impediu de ser pelos pobres, tal como aconteceu com a Santa Isabel. Os pobres, como sabe, não são ricos. São as solas dos sapatos. Estão lá em baixo a proteger a envergadura toda, constantemente a serem pisados, pois a condição da sola do sapato é essa, ao mesmo tempo que serve de base, de raiz.

— Como é que ele a impediu de ser pelos pobres?

— A minha irmã disse-me que foi ele que me acusou à PIDE.

— E acredita nisso?

— Porque não haveria de acreditar?

— Parece-me uma maldade estúpida.

— A maldade é sempre estúpida. Se fosse inteligente, não seria maldade, seria outra coisa qualquer.

— Foi uma maneira de dizer.

— As pessoas não têm cuidado com as palavras e depois admiram-se...

— Acha que posso trazer cá o senhor Ulme?

— Desista.

— Mas...

— Saia da minha casa, por favor.

O espelho devolve-me a realidade: a falta de brócolos e de corridas junto ao rio a ouvir música *pop* com auscultadores, a minha barriga cada vez mais flácida, mas, mais importante do que isso, a falta da Sara. Está a matar-me esta ausência, a corroer-me, é uma ferrugem que me ataca a alma, e o espelho ri-se, devolve-me o mundo que se desfaz à minha volta: o senhor Ulme com sorrisos colados à cara, num esgar macabro, a sorrir à morte. Tanta etiqueta para nada!, quem é que disse isto, que os deuses se divertem com o nosso sofrimento? Não me lembro, a minha memória também deve estar a desistir. Não tenho o estofo do Screamin' Jay Hawkins, não sou capaz de juntar o boxe à canção lírica e fazer disso *blues*, que era assim que ele cantava, como se espancasse a ópera. Não sei dançar, não tenho jogo de pés, não sei espancar a realidade e encostá-la às cordas, um, dois, três, tenho de me levantar, sete, oito, nove, ouço o gongo. Estou estendido no tapete (da casa de banho), o espelho ri-se e agarra-me pelos cabelos (que são cada vez menos). Ouço a Margarida a dizer-me para desistir, devo atirar a toalha ao chão?

Desde que viu o senhor Ulme com a fotografia de um sorriso colada na cara, a Beatriz passa muito tempo a recortar revistas. Pega nos recortes e cola-os na cara do senhor Ulme. São sempre sorrisos luminosos, de atrizes, de atores, de milionários, de cantores. A Beatriz não se rende.

Ninguém se renderá. Resistiremos. Entraremos mais dentro na espessura. Levei o senhor Ulme a casa da Margarida Flores, entraríamos quer ela quisesse quer não. Pus a bengala na cadeira de rodas para usar no corcunda se fosse preciso. Também levei a Beatriz, claro, para traduzir e talvez conseguir alguma simpatia. As crianças são capazes de amolecer qualquer coração. Para minha surpresa, não foi o corcunda que abriu a porta, foi a própria Margarida. Ficou uns segundos calada, a segurar a porta, muito séria e sem mexer um músculo do corpo. Virou-nos as costas e foi para a sala, deixando a porta da rua aberta. Entrámos.

A Margarida evitava olhar para o senhor Ulme. Ele estava com a cara do costume, sem qualquer expressão, os olhos muito abertos, mas sem se moverem.

Contei à Margarida como nos conhecemos, eu e o senhor Ulme, contei-lhe quando ele viu uma mulher nua numa revista da minha estante e como isso me intrigou.

— Ficou muito admirado e eu perguntei-lhe se nunca tinha visto uma mulher nua. Tinha visto, mas não se lembrava. Não se lembra, para ser exato.

Silêncio.

— Uma vez — disse a Margarida —, o Manel escreveu numa parede da aldeia: As feridas que a beleza dela nos faz.

Silêncio.

— Uma vez, o Manel disse-me: Um dia serás levada ao céu num fado, será tudo o que restará de ti, uma canção arrastada com o teu nome em lá menor.

Silêncio.

— É verdade que ele não se lembra de ter visto uma mulher nua?

Fiz que sim com a cabeça.

De repente, a Margarida levantou-se, os olhos marejados, e empurrou a cadeira de rodas pelo corredor até ao quarto.

Vi-a desabotoar a camisa com a mão direita, enquanto com a esquerda fechava a porta.

Puxei a Beatriz para sairmos, ela abraçou-me pela primeira vez em mais de dois anos, e eu disse-lhe:

— Quando chegar a casa, vou pousar o chapéu em cima da cama e depois telefono à Sara.

1ª EDIÇÃO [2016] 2 reimpressões

ESTA OBRA FOI COMPOSTA PELA SPRESS EM MERIDIEN E IMPRESSA
EM OFSETE PELA GRÁFICA PAYM SOBRE PAPEL PÓLEN DA SUZANO S.A.
PARA A EDITORA SCHWARCZ EM JUNHO DE 2025

A marca FSC® é a garantia de que a madeira utilizada na fabricação do papel deste livro provém de florestas que foram gerenciadas de maneira ambientalmente correta, socialmente justa e economicamente viável, além de outras fontes de origem controlada.